后浪

花影明月送将来

中英解读千家诗

[美]比尔·波特 译注　李昕 译

前言 I

我到中国朋友家做客时，映入眼帘的常常是主人墙上悬挂的诗。第一次看到时，我就纳闷："为什么是诗，而不是画？"后来，我逐渐明白了为什么诗在中国人心里占有如此高的地位，那是因为诗发自于心，文生自于脑。《诗大序》给诗做了最早的定义："在心为志，发言为诗。"两千年来，"发自内心"一直是中国诗歌的独到之处。还有什么比一首诗更能向宾客展示主人的情怀呢？接下来的问题便是："是自己提笔写一首，还是引用一首古诗呢？"中国比其他任何文明都有更多伟大的诗人和优美的诗歌，因此大多数人选择引用古人佳作。何乐而不为呢？即使是一千多年前的诗，客人们也大都耳熟能详。

我的朋友蒲乐道（John Blofeld）写了大量有关中国的书，甚至能用中文写诗。老蒲本可以信手写点什么欢迎来他曼谷居所的客人，但他家门匾上写的是"别有天地"，他觉得李白的《山中问答》特别能展现他寓所桃花源般的意境。老蒲只写了上半句"别有天地"，而几乎每一个中国客人都能随口诵出"非人间[1]"——他们小学时就倒背如流了。

两千年前，主人可能会从《诗经》或《楚辞》中选段诗来迎客。但那早期的文字让数百年后的民众感到些许晦涩难懂。到了宋朝后期，刘克庄（1187–1269 年）从

1 注：另有版本为"在人间"或"是人间"。

中国诗歌的黄金时代选出128首最有名的唐宋短诗，编辑成了这本通俗易懂的《千家诗》。经过几百年的流传，《千家诗》由最早的版本扩展到明清时期的224首诗，并以五言或七言绝句和律诗分册，以季节时令排序。

除了其精选的诗，《千家诗》流行的另一个原因是赶上了印刷术的普及。之前的书只能手抄，一书难求，因此大多流传于达官贵人间。而《千家诗》的印刷本很快被全国各地的乡村学堂和私塾采用，用来教儿童语言的韵律、情感的表达。其中林林总总的概念和知识，都是学生需要知道的。《千家诗》的另一个特点就是收集的都是短诗，三分之二的诗只有四行，其余的也只有八行。

八百年后的20世纪50年代，《千家诗》仍然被收录编排进学校的教材，学生们从小学就开始背诵。倘若要重新从自己的历史中获取灵感，那还有什么比《千家诗》更好的宝藏呢？这本书不仅要读，且要细细品味，而你只需从其中一首诗开始。当年我跟她的邂逅就是如此，我会读其中的一首，然后伴随她度过一天的时光。我翻开书就可以享受李白或杜甫的陪伴，这是何等的美妙！你也可以这么做，当开卷的时候，请代我向孟浩然问好。

比尔 · 波特（赤松）
华盛顿州汤森港
2021年11月7日

前言II

诗是中华艺术之大雅。其他的艺术形式，无论是书法绘画、陶瓷青铜、雕塑建筑还是音乐舞蹈，都不如诗得到人们如此广泛的喜爱和传诵。诗在中国的唐代（618–907 年）和宋代（960–1279 年）达到鼎盛，因此唐宋也被誉为中国诗歌的黄金时代。诗歌成了那个时期人际关系和沟通能力的决定性工具。任何社交礼仪场合，朝堂之上或是文人雅集，没有诗便会黯然失色。诗涵括了中国人对大千世界的洞察，也把纷杂的视野与内心的律动结合了起来。虽然诗以艺术的形式在中国源远流长，但在唐宋时期，诗犹如春风，吹遍了宫廷、街巷、家庭、客栈、寺院、村口的每个角落……

或许，我无法探究清楚唐宋时期错综复杂的社会变革，及其如何造就了这样的诗歌风化。但通过解析“诗”这个字，我们就可以领会它在中国文化中的地位。“诗”左边的言字旁的意思是“语言”，右边的字根“寺”本义是“官署”，后来指“寺院”，但两者都跟“诗”没什么关系。而“诗”字的古文写法是“䛆”，右边的字根“㞢”是“㞢”（志），本义是“从心之声”，后来的写法只是书法的演变和约定俗成的结果。因此，“诗”字的意思不是“官署或寺庙的语言”，而是“心灵的语言”——诗言志。《诗大序》里说：“在心为志，发言为诗。”从五千年前中华文明的曙光开始，诗就是发自人们方寸之间的声音。

迄今发现最早的“心灵的语言”是《诗经》，它是祭祀用的“颂”、宴会用的“雅”，以及民谣和民歌的“风”的集合，可以追溯到公元前十一世纪的周朝。其中有些部分据说是从公元前两千多年前的夏朝禹帝流传下来的。相传孔子（前 551– 前 479 年）从全国各地搜集来三千多篇诗，从中筛选出 305 首汇成《诗经》，用来教弟子们立言立行、思无邪。

另一部重要经典《楚辞》是屈原（前 340– 前 278 年）和其他文人的诗集。《诗经》的作者佚名，而《楚辞》的作者是署名的。与《诗经》超然的风格和格式化的颂不同的是，《楚辞》充满了诗人内心的悲欢，洋溢着个性浪漫，因此对后来的诗人有着更深刻的影响。王维（约 701–761 年）曾说他走到哪儿都带着两本书：《维摩诘经》和《楚辞》。

在之后的几个朝代中，陆续涌现了一些其他诗集，但在《千家诗》面世之前，只有《诗经》和《楚辞》得以广泛流传。《千家诗》最早由宋朝晚期硕果累累的作家刘克庄编纂。作为宋代文学评论的权威，刘克庄通过诗集和评注来表达他在诗歌方面的观点。尽管他的原版诗集评注没有保存下来，但我们知道他选了一百多首诗，分十四个门类：时令、节候、气候、昼夜、百花、竹林、天文、地理、宫室、器用、音乐、禽兽、昆虫、人品。由于书的出版正赶上中国印刷术的普及，这本书在当时得以广为流传。《千家诗》很快传到全国各个乡村学堂和私塾，用于教授学生语言的韵律和情感的表达，以及林林总总事物的概念和知识。

经过几个世纪的传承和编纂，《千家诗》扩展到 224

首诗。有些版本还塞进了明代（1368–1644 年）的几首，但我像很多编者一样考虑后，并未收录它们。

在十七世纪初，以写女性教科书《女四书》而闻名的学者王相（明末清初人），根据诗体把《千家诗》重新编辑为四册：五言绝句、五言律诗、七言绝句和七言律诗。对中国诗学感兴趣的读者应注意的是，这部诗集里的四行诗都遵循“绝句”的格律规则，而所有的八行诗都遵循了工整对仗的“律诗”规则。王相还把每册诗按照季节时令的基本顺序排列，并撰写了他的评论。王版诗集颇受欢迎，我的这本书便是按照王版的顺序编排的。

诗集名为《千家诗》，仿佛是“一千位大师的诗集”，而书里实际只有百十来位诗人，因此我英文版的书名化掉了“千”字，而改称 *Poems of the Masters*——《名家诗》。尽管“千”字有诗歌式的夸张，但《千家诗》的确收录了广为流传的唐宋时期最著名诗人的诗。八百年来，它一直是中国人学习和背诵最多的诗集，也是每个孩童的国学启蒙。

直到 1763 年，孙洙（1711–1778 年）出版了《唐诗三百首》，诗坛上才有了与《千家诗》日月同辉的诗集。孙洙在序言中坦称，他是受《千家诗》的启发并在其基础上编纂的，而《千家诗》朗朗上口的短诗集锦依然是出类拔萃的。孙洙的唐诗集受到成年读者的青睐，而《千家诗》却更适合少年儿童启蒙性诗歌教育，尤其是精挑细选的四行诗。直到二十世纪中叶，《千家诗》仍然是中国的通用教材。虽然后来的几十年，学校课本减少了古诗的部分，但我深信中国诗歌会再次复兴。和《唐诗三百首》家喻户晓的原因一样，《千家诗》深入人心是因为它选取的诗歌能获得中国人最为广泛的共鸣——这些诗歌，今天读起来依然那么优美清扬。

除了把《千家诗》完整地译成英文，我在书里还收录了中文原诗，供读者对照欣赏。另外，我附上了一些背景资料，把这些诗和诗人的生平、创作时间和地点联系起来。《千家诗》有多个版本，学者们对一千多年前的事难免有不同看法，而我也是从自己的视角加以甄选和解读。但即使没有这些细节，不了解写诗的背景，中国人依然能够欣赏这些"发自内心的声音"，并时常在言谈话语中引用。我很难想象有比读这部优雅诗集更好的方式来洞察中国人深藏的内心世界，方寸之心是他们极其珍惜的，也是他们灵感的源泉。

比尔 · 波特（赤松）
华盛顿州汤森港
2002 年立冬

目录

五言绝句　三十九首

五言律诗 四十五首

七言绝句　九十四首

七言律诗　四十五首

五言绝句　三十九首
Part One: Thirty-nine Poems

春晓 孟浩然

春眠不觉晓，处处闻啼鸟。
夜来风雨声，花落知多少。

孟浩然（689–740 年），唐代著名诗人中少数未入官场的。他四十岁时，到都城长安参加科举考试，不仅落榜，还得罪了皇帝，于是就返回了襄阳郊外的居所。无官一身轻，他常在长江沿岸走亲访友，或是隐居在其住所东南十公里外的鹿门山上，享受独处的悠闲。五个世纪前的隐士庞德公也无心仕途，在山上搭建了茅棚隐居。孟浩然喜欢“睡懒觉”——而他在朝廷当官的朋友们天还未亮就要上朝了。即便冬去春来，太阳高照，他还是能睡梦酣甜，直到被春鸟的欢快啼鸣唤醒。但醒来后他依然没有下床，沉浸在意想的春天里。

Spring Dawn by Meng Hao-jan

Sleeping in spring oblivious of dawn,
In every direction I only hear birds.
After the wind and rain last night,
I wonder how many petals fell.

访袁拾遗不遇 孟浩然

洛阳访才子，江岭作流人。
闻说梅花早，何如北地春。

洛阳是唐朝的东都，位于汉代故城的西边，在孟浩然住宅以北约三百公里处。虽然孟浩然官职低微，但他在达官贵人中却颇有诗名。启程去洛阳前，孟浩然给好友袁拾遗去过信，但此行却访友不遇。拾遗的职责就是向皇上进行规谏，不料袁却被举报滥用权职而贬官至江陵。大庾岭是赣江流域与岭南的分界线。孟浩然给袁拾遗寄去此诗，表达他的失望和同情。在北方，梅花在农历新年时盛开，象征春日之始，而此时也是阖家团聚的日子。

Calling on Censor Yuan without Success
by Meng Hao-jan

In Loyang I tried to visit you sir,
To Chiangling though you were banished.
The plum I hear flowers earlier there,
But how could spring compare.

送郭司仓 王昌龄

映门淮水绿，留骑主人心。
明月随良掾，春潮夜夜深。

王昌龄（?–756年），京兆长安（今陕西西安）人，但他大半为官生涯都在边地任职，官职低微。755年，安史之乱爆发，他辞去湖南的官职北归，途中遇害。这首诗写于740年，王昌龄从被贬的岭南地区转调江宁（现在的南京）任职之后。淮水一般是说淮河，它是中国的主要河流之一，与长江平行，位于南京以北一百多公里处。但王昌龄诗里的淮水指的是在南京注入长江的秦淮河。虽然王昌龄仕途不顺，但其律诗却广为人知，尤其是以辞别为主题的诗歌。此诗中，他试图挽留一个官任司仓的朋友。司仓的职责就是监管官府粮仓，监督市场并以官价向农民提供种子和口粮。随着春天的到来，他的朋友郭司仓将披着月光连夜履职。农耕时节，他不得不投入繁忙的工作。但让王昌龄聊以自慰的，是长江水会将他们的心连在一起，春雨霏霏，如他们绵绵不断的情谊。

Seeing Off Supply Director Kuo
by Wang Ch'ang-ling

Huai River green brightens my door,
This host would keep a traveler longer.
The moon leaves too with an honest official,
But every night spring waters grow deeper.

洛阳道 储光羲

大道直如发，春日佳气多。
五陵贵公子，双双鸣玉珂。

储光羲（约 706–763 年），出生于润州延陵（今江苏常州市金坛区），年约二十就考取进士，后来一路官升至监察御史。755 年，安禄山叛军占领洛阳，储光羲被迫在叛军中任职。叛乱平定后，他被判处流放岭南，但他到那里不久就去世了。这是他写给朋友吕四郎中的五首诗之一。在隋朝和唐初，洛阳老城的西侧建起了道路宽阔的新城。唐朝时期，洛阳是东都，长安为上都。五陵山位于长安西北，因有五座皇陵而得名。这里也是许多达官贵人居住之所。即使许多显赫家族不住在这里，“五陵”还是成了长安贵族的代名词。诗中描述的是长安的“富二代”们在园林遍布的东都洛阳纵马奔驰，马的缰绳上装饰着南海的贝壳，而贝壳代表的是荣华富贵。

The Roads of Loyang by Ch'u Kuang-hsi

The roads are as straight as strands of hair,
And full of the glories of spring.
The noble young lords from the Wuling Hills,
Ride by in pairs with their bridles ringing.

独坐敬亭山 李白

众鸟高飞尽，孤云独去闲。
相看两不厌，只有敬亭山。

诗仙李白（701–762 年）和诗圣杜甫被认为中国最伟大的两位诗人，并称“李杜”。李白出生于现在的吉尔吉斯斯坦，在四川江油青莲乡长大。曾经是朝廷宠儿的他，失宠之后的大半辈子都在四处云游，寄宿在欣赏他才华和不羁精神的朋友们家里。753 年，他在金陵以南的宣城游历时写下了这首诗，那里的宣纸至今闻名遐迩。敬亭山在古城墙西北五公里处，虽然峰顶只有三百米高，却以悬崖峭壁而著称。诗人谢朓（464–499 年）也在这里写下许多著名的山水诗。在这段旅途中，李白意识到周遭世界变化无常，即便似乎与他没有任何交集，但他却感受到自己与山是一体的。孔子说，“智者乐水，仁者乐山”，因为水可以教会我们何谓无常，而山则让我们知道万物永恒不变的本质。从自然引申开去，鸟代表官宦，孤云代表孤独的求道者，而山就是道。

Sitting Alone on Chingting Mountain by Li Pai

Flocks of birds disappear in the distance,
Lone clouds wander away.
Who never tires of my visits,
Only Chingting Mountain.

登鹳雀楼 王之涣

白日依山尽，黄河入海流。
欲穷千里目，更上一层楼。

王之涣（688–742 年），祖籍晋阳（今山西太原），后来迁居到山西南部的新绛。除了担任一些闲职，一直未曾得到重用。后来他辞官还乡，平日里拜访亲朋好友，游览当地的名胜风光。这首《登鹳雀楼》就是他游历新绛西南一百多公里的永济时所作。鹳雀楼比城墙还高三层，遥对东边的中条山。中条山很高，太阳会消失在最高峰的后面。鹳雀楼西边的黄河流经永济后，一路向东奔涌千里汇入大海。鹳雀楼以栖息在其屋顶上的鹳鸟而得名，许多到此游览的诗人都留下了赞美的诗篇。王之涣的绝句很有名，很多成为当时歌女传唱的流行曲，可惜只有六首诗留存至今。

Climbing White Stork Tower by Wang Chih-huan

The midday sun slips behind mountains,
The Yellow River turns for the sea.
Trying to see for a thousand miles,
I climb one more story.

观永乐公主入蕃 孙逖

边地莺花少，年来未觉新。
美人天上落，龙塞始应春。

孙逖（696–761 年），博州武水（今山东聊城）人，曾担任中书舍人等多个重要职务，负责起草诏令。无论哪个朝代，朝廷都将联姻作为外交政策的重要手段，以促进中原地区与边境游牧部落的和平共处。为了跟未来的丈夫门当户对，贵族的女儿们在和亲前通常会被封予“公主”的头衔。诗中这位“永乐公主”是唐玄宗时期东平王的外孙女杨氏，于 717 年的最后一个月嫁给了契丹松漠郡王李失活。这位郡王显然不胜公主的春色，次年没开春就去世了。本诗在《全唐诗》中的标题是《同洛阳李少府观永乐公主入蕃》。

On Seeing Princess Yung-lo Leave for Manchuria
by Sun T'i

Orioles and flowers on the border are rare,
Even at New Year nothing looks new.
But when a beauty falls from Heaven,
Dragon Pass finally sees spring.

春怨 金昌绪

打起黄莺儿，莫教枝上啼。
啼时惊妾梦，不得到辽西。

金昌绪（生卒年不详），杭州人，除了这首孤篇，没有留下其他任何作品。在某些版本中，此诗又名《伊州歌》，并认为其作者是唐朝的北庭都护盖嘉运。伊州在中国西北边境哈密市，辽西在东北边境。黄莺和知更都是报春鸟，鸟儿求偶的啼鸣，只会让妻子更加思念远在辽西边关的夫君。

Spring Complaint by Chin Ch'ang-hsu

Chase the orioles away,
Don't let them sing in the branches.
Their singing disturbs a wife's dreams,
And keeps her from reaching Liaohsi.

左掖梨花 丘为

冷艳全欺雪，余香乍入衣。
春风且莫定，吹向玉阶飞。

丘为（约 707– 约 797 年），嘉兴人，曾在朝廷担任过多个官职，致仕前任太子右庶子。古人认为晒黑或干裂的皮肤是苦力和衰老的象征，而雪白细腻的皮肤则代表富贵优渥的生活。这首诗表面上指后宫，因为皇家梨园就在后妃居所附近，但皇城的其他地方也有梨树。诗人的本意是用梨花的纯洁代指如他一般官员的品行。他们寻求天子的首肯和朝廷的重用，即使这种认可是短暂的。长安宫殿入口的汉白玉阶梯象征着帝王高高在上。题中的“左掖”指代门下省，丘为当时在此任职，并希望得到皇帝的关注。此诗出于表达忠孝之心，而非为了谋求升官。

A Pear Blossom in the East Wing by Ch'iu Wei

Its pristine beauty could fool the snow,
Its lingering scent permeates clothes.
Tell the spring wind not to stop,
Blow it toward jade steps.

思君恩 令狐楚

小苑莺歌歇，长门蝶舞多。
眼看春又去，翠辇不经过。

令狐楚（766–837年），生于陕西铜川，曾在唐宪宗（805–820年在位）治下担任宰相。他是朝廷官员，同时以优美的散文和诗歌而闻名。这首诗是以一个失宠嫔妃的口吻来写的，蝴蝶象征着其他的妃嫔，黄莺则代表帝王。传说汉武帝（前156—前87年）曾把他失宠的陈皇后驱逐到皇城东南的长门殿，皇后心绪烦乱，传说她付给诗人司马相如（约前179—前118年）百两黄金，为她代写了一篇《长门赋》。汉武帝读后十分感动，便将她请回甘泉宫。具有讽刺意味的是，令狐本人也曾收受贿赂，但这里他却写了这样一首诗，似乎有些玩世不恭。在古代诗歌中，鸟和蝴蝶总是双双出现，缺一个，另一个就显得形单影只。然而，尽管这个女人（也指臣子）不再受宠，但她（他）的感情如同汉朝的皇后一样执着，依然期待着皇帝乘坐着用翠鸟的蓝绿羽毛装饰的御驾，来到自己身边。

On Thinking of My Lord's Grace by Ling-hu Ch'u

The oriole's song is gone from my garden,
Butterflies dance by the towering gate.
I've watched another spring pass,
Without seeing your kingfisher carriage.

题袁氏别业 贺知章

主人不相识，偶坐为林泉。
莫谩愁沽酒，囊中自有钱。

贺知章（659—约744年），越州永兴（今浙江杭州市萧山区西）人，活跃在长安“文人圈”。虽然他曾担任礼部侍郎、秘书监等一系列要职，但他更以喜酒善交而闻名。杜甫称他为“饮中八仙”之一，他自号“四明狂客”，四明指的是他家乡东边的山脉。贺知章和他的文人好友们都喜欢隐居。在唐代，隐居于长安以南的终南山是很常见的一件事，而“终南捷径”这个说法也是从唐朝开始使用，许多准官员试图通过“隐居”来获得朝廷的注意。贺知章在临终前不久成了一名道士。

On Mister Yuan's Country Retreat
by Ho Chih-chang

We've never met good sir,
I stopped because of the woods and stream.
Don't worry about buying wine,
I have some coins in my purse.

夜送赵纵 杨炯

赵氏连城璧，由来天下传。
送君还旧府，明月满前川。

杨炯（650—约693年），生于长安以东的华山脚下。他少年时期被公认为神童，曾在太子手下任职，后来担任过几个中级官职。685年，由于他的远亲发动了一场小规模的叛乱，杨炯受到连累被贬至四川。几年后，他被选受浙江盈川令，并于任上去世。此诗中"完璧归赵"的故事出自司马迁的《史记》：赵王拥有一块珍稀的和氏璧，秦国愿意用十五个城池来交换，于是赵王将璧交给蔺相如，让他转交给秦王。但当发现秦王无意履行诺言后，蔺相如不肯交出玉璧，并将其完好地从秦国带回赵国。诗中，杨炯将他的朋友赵纵比作玉璧，而玉盘一样的明月见证着他们在黄河岸边的离别。此时，好友赵纵正在回家的路上，他的家在古代赵国的首都赵州。杨炯被认为是唐朝早期最伟大的诗人之一，遗憾的是只有三十余首诗流传至今。

Seeing Off Chao Tsung at Night by Yang Chiung

Scion of Chao jade disc worth cities,
Iong has your name been known.
Sending you on your journey home,
Moonlight fills the waiting river.

竹里馆 王维

独坐幽篁里，弹琴复长啸。
深林人不知，明月来相照。

王维（约701—761年），河东蒲州（今山西永济）人，年少时离家赴长安。通过科考后，他屡获升迁，虽然偶有波折，最终官至尚书右丞。然而，对佛教的执着削弱了他对政途的追求，他在中年之后半官半隐于蓝田辋川别墅。王维是唐代伟大的诗人和山水画家，也是一位优秀的音乐家。他晚年在辋川写下了多首诗，《竹里馆》是其中的一首。辋川在长安东南六十公里外幽蔽的山谷里。竹里馆是他辋川居所的一部分。本诗第一句出自屈原的《山鬼》——“余处幽篁兮终不见天”，诗以“风飒飒兮木萧萧，思公子兮徒离忧”结尾。最后一句则让人想到了李白744年离开京城前写下的《月下独酌》。中国古人喜欢描写月光，因为“隔千里兮共明月”。

Bamboo Retreat by Wang Wei

Sitting alone amid dense bamboo,
Strumming my lute and whistling.
Deep in the forest no one else knows,
Until the bright moon looks down.

送朱大入秦 孟浩然

游人五陵去，宝剑值千金。
分手脱相赠，平生一片心。

这首诗是孟浩然赠与即将启程去长安的朋友朱大的。长安是古时汉朝的都城，五陵指长安西北的五座皇陵。许多富豪在此居住，于是五陵就成了皇室及权贵的象征。五陵的达官贵族们都将佩剑视为身世显赫的饰物，但孟浩然送给朋友的剑有特别的意义，因为它能刺穿虚伪，表露真诚。文中引用了公元前五世纪伍子胥送剑的典故：伍子胥过江时将自己的宝剑赠予有救命之恩的渔夫，说“剑上刻有北斗七星，价值连城”，渔夫却坚辞不受，以表真诚。同时本诗的背景也让人想到《延陵许剑》：季子出访途中，拜访了他的朋友徐君，季子看出徐君欣赏自己的宝剑，但因为还没完成出使上国的任务，便没有把剑送给徐君。等到完成任务后回到徐国，徐君已经去世，于是季子解下宝剑，挂在了徐君墓前的树上。

Seeing Off Chu Ta Leaving for Ch'in
by Meng Hao-jan

For a traveler bound for Wuling,
A first-rate sword is worth a ton of gold.
I remove it in parting and give it to you,
A lifelong piece of my heart.

长干曲 崔颢

君家何处住，妾住在横塘。
停船暂借问，或恐是同乡。

崔颢（?–754 年），汴州（今河南开封）人，年少时就是誉满长安的诗人。他早期的诗歌多写闺情，放浪形骸，诗歌创作不墨守成规，深受李白景仰。横塘是秦淮河注入长江前的十里长堤，吏民杂居之所称为长干。这首诗描写的是船家男女初次见面时，船家姑娘问话的场景。至今江南的船民还保持着独特的风俗和方言。本诗是崔颢所作的四首《长干曲》的第一首。在第二首中，崔颢写出了男孩的回答："家临九江水，去来九江侧。同是长干人，生小不相识。"长干曲的特色是对少男少女情感交流的生动描绘，唐代其他诗人也写过《长干曲》。

Ballad of Changkan by Ts'ui Hao

Where are you from good sir,
This maid is from Hengtang.
I ask while our boats are moored,
Perhaps we're from the same place.

咏史 高适

尚有绨袍赠，应怜范叔寒。
不知天下士，犹作布衣看。

高适（约 700–765 年），渤海蓨（今河北景县）人，由于家境贫寒，幼年时不得不乞食为生。他个性坚韧不拔，勤奋好学，最终被任命为左散骑常侍，做皇帝的顾问。高适是唐代少数仕途通达的伟大诗人之一。诗中所提到的故事来自《史记》中范雎的传记。范雎陪同须贾代表魏昭王出使齐国，而齐襄王并不理睬须贾，反而派人给范雎送去了十斤黄金以及牛肉美酒等礼物，于是须贾怀疑范雎把魏国的机密出卖给了齐国。回到魏国后，须贾向魏相报告了此事，范雎差点被打死。随后，范雎逃出魏国，化名张禄，到秦国做了宰相。后来须贾出使秦国，范雎就乔装成奴役到客栈去见须贾。须贾看到曾经的下属如此贫困，便脱下自己的丝绸长袍，送给了范雎。当范雎透露了自己的真实身份时，须贾原以为自己会被处死，但范雎却念旧情，宽宥了须贾。文中，作者谴责了须贾的昏聩，对那些不识良才的当权者进行了隐晦的批评。

Ode to the Past by Kao Shih

He made a gift of his robe,
Concerned Fan Shu was cold.
But unaware of his noble rank,
He still saw a common man.

罢相作 李适之

避贤初罢相，乐圣且衔杯。
为问门前客，今朝几个来。

李适之（694–747 年），是唐代王室成员，官至左丞相。他和李白、贺知章一样，以钟情于诗歌和美酒而闻名。早在三国时期，古人就将未过滤的酒称为“贤”，将过滤的酒称为“圣”。因此，李适之在诗中第一句提到了“避贤、乐圣”，用委婉曲折的写法暗示着自己已经被一个能力不如他的人取代了，但他依旧以自己的美德来自我安慰。尽管他有着极高的地位和威望，但受到臭名昭著的丞相李林甫的排挤，最终于 746 年被迫辞官。第二年，他被派往外省，后来自尽。这首诗是在他罢相之后，离京之前的那段时间写的。在这短暂的时间里，他担任了太子的导师，而曾经高朋满座的宅邸变得门可罗雀，没人愿与这个来日不多的人交往了。

Resigning as Minister by Li Shih-chih

Yielding my post to the able,
Enjoying the sage in a cup.
I asked a guest who came in the past,
How many will visit today.

逢侠者 钱起

燕赵悲歌士，相逢剧孟家。
寸心言不尽，前路日将斜。

钱起（约 720– 约 782 年），吴兴（今浙江湖州）人，曾在长安任职，但从未担任高官。他是王维的晚辈，被认为是王维的接班人。被誉为“大历十才子之冠”，名噪一时。他的诗作流传下来数百首，但后世学者却没有特别重视，以至今日钱起的名字鲜有人知。燕国和赵国是中国古时的北方国家。韩愈在《送董邵南序》中指出，燕赵之地以“慷慨悲歌之士”而闻名。诗文中，钱起赠诗的大侠有着跟燕赵一样慷慨悲壮的色彩。剧孟是汉朝洛阳人，以侠义之举而闻名。诗中第三句写道，无法表达的情感，或许最好不要表露。最后一句则暗示主人公被流放到关外斜阳落日的某个偏远之所，作为对他的“侠义”的惩罚。导致他被流放的原因或许是他参与了安史之乱，或是误赞了叛乱。文中的燕赵是安禄山叛军的根据地，洛阳则是安禄山短命的大燕王朝的都城。

On Meeting a Chivalrous Man by Ch'ien Ch'i

Singer of elegies of Yen and Chao,
We meet where Chi Meng lived.
Words can't exhaust an inch of our hearts,
The sun is setting on the road ahead.

江行无题 钱珝

咫尺愁风雨，匡庐不可登。
只疑云雾窟，犹有六朝僧。

钱珝是钱起的曾孙，这首诗在某些版本中被认为是钱起所作。公元879年，钱珝通过了科举考试，在京城开始了他的仕途，但他很快就卷入了一场政治丑闻，导致被贬至江西庐山以南，任抚州司马。六朝时期，政局动荡，有许多隐士在山里修行。最早来这里的是匡姓兄弟，他们在殷、周间隐居于此，于是这座山最初被命名为匡庐，后来简称为庐山。钱珝希望在赴任途中登上庐山，但庐山布满云雾，钱珝只好从船上遥望云雾缭绕的山峰，猜想：深山幽谷之中是否还有乱世流落下来的隐士在此修道呢？写这首诗时，唐朝即将覆灭。这是钱珝在就职途中所写的一百首诗中的第六十九首。

Traveling on the Yangtze by Ch'ien Hsu

So close but plagued by wind and rain,
I can't climb Kuanglushan.
I wonder if in those mist-hidden caves,
Any Six-dynasty monks still dwell.

答李浣 韦应物

林中观易罢，溪上对鸥闲。
楚俗饶词客，何人最往还。

韦应物（约 737–791 年），出生于长安的一个名门望族，虽然没有参加科举，他还是进入仕途，担任了一些不高的官职。在经历了官场那些惯常的起起伏伏之后，他辞去在江南的官职（苏州刺史），可以能于此时写下了这首诗。韦应物的诗常被拿来与陶渊明诗作比较。陶渊明生活在长江南岸的柴桑，被众多向往简朴生活的人视为理想。在诗的前两句中，韦应物回答了朋友询问自己人生方向的问题，说自己已经不再读《周易》，也不再过孤独的生活。现在，他不再试图预测变化，而是像鸥鸟一样，坦然地接受即将到来的一切，这是来自《列子》中的典故：鸥鸟只会在那些不思抓捕的人身边栖息。楚国是诗人屈原的故乡，他个性刚正不阿，不愿随波逐流。所以作者也关心朋友李浣回楚地复职会跟什么样的人交往。这首诗是《答李浣三首》中的第三首。

In Reply to Li Huan by Wei Ying-wu

I left the Yiching in the woods,
I drift with the gulls downstream.
Among the singers of the ways of Ch'u,
To whom do you most often turn.

秋风引 刘禹锡

何处秋风至？萧萧送雁群。

朝来入庭树，孤客最先闻。

刘禹锡（772—842 年），出生于河南洛阳的一个儒学世家。他曾担任过太子宾客，加检校礼部尚书等重要官职，却多次被降职。秋风使刘禹锡彻夜难眠，这让他想到自己失去了皇上的信赖，人生的盛夏已经结束。他如大雁一般被放逐南下，远离都城。但与群雁不同的是，他孑然一身，孤身只影离去。

Ode to the Autumn Wind by Liu Yu-hsi

Where does the autumn wind come from?
Rising it sees off the geese.
As it enters the courtyard trees at dawn,
A lone traveler hears it first.

秋夜寄丘二十二员外 韦应物

怀君属秋夜，散步咏凉天。
山空松子落，幽人应未眠。

这首诗是韦应物写给丘为的弟弟丘丹的。韦应物担任苏州刺史时，丘丹曾与他多有唱合。后来丘丹决定修道，于是辞官。这天是中秋节，是亲朋好友团聚的夜晚，于是韦应物想象丘丹会多么孤独。在古代，松子是隐士的重要食物，诗中为了突显丘丹的与世隔绝，松球掉落便是这空寂山中唯一的声音。

To Secretary Ch'iu on an Autumn Night
by Wei Ying-wu

Out walking and singing beneath a cold sky,
I think of you on an autumn night.
Pinecones falling on deserted slopes,
The recluse I suspect not yet asleep.

秋日 耿沣

返照入闾巷，忧来谁共语。
古道少人行，秋风动禾黍。

耿沣（?—约 787 年），河东（今山西永济西南）人，担任左拾遗多年，在皇上身边进谏，对皇帝的政策进行查缺补漏。在仕途的巅峰期，他被列入“大历十才子”，但文风是十人中最为朴实的。人们对他晚年的情况知之甚少，但这首诗却暗示了他被当政者冷落后被迫搬进简陋的居所，在那里他有感于夕阳残照。诗应和了《诗经 · 王风 · 黍离》,《黍离》描述的是长安的西北，曾经的周都城镐京，这里也正是现在耿沣住的地方。作者在路上踱步，仿佛在寻找什么，嘴里念念有词：“知我者，谓我心忧，不知我者，谓我何求。”由于周幽王疏于治理，西周被游牧民族摧毁，而耿沣担心，如今的当权者并未吸取历史教训。因此，诗中的“古道”指的不仅是通往古都遗迹的道路，还是安民治国之“道”。

Autumn Day by Keng Wei

The day's late light fills a village lane,
With whom can I share my cares.
Nobody takes the ancient road,
Millet sways in autumn wind.

秋日湖上 薛莹

落日五湖游，烟波处处愁。
浮沉千古事，谁与问东流。

薛莹除了从流传下来的几首诗中得到的信息外，鲜有资料。诗中他游览的湖是太湖，太湖位于长江下游，是中国最大的淡水湖之一。春秋时期太湖流域就有人居住，这里逐渐成为中国主要的稻米和丝绸产地，但随之而来的是连绵不断的战火。由于青藏高原的抬升，中国河流的流向大都是向东。大江东流成了一个经典比喻，形容时间一去不复返。薛莹在诗中叩问为何历史都是悲怆的结局。

Autumn Day on the Lake by Hsueh Ying

Sailing on the Great Lake at sunset,
Mist and waves and everywhere sorrow.
Rising and falling events of the past,
Who can tell me why they flow east.

宫中题 李昂

辇路生秋草，上林花满枝。
凭高何限意，无复侍臣知。

李昂（809–840 年），即唐文宗，827–840 年在位。公元 835 年秋，他试图铲除宦官势力，但以失败告终。他被宦官软禁在宫中，几年后郁郁而终。虽贵为皇帝，但他是一个生活简朴、爱好诗歌和美酒的人。这首诗写于“甘露之变”失败后，他在宫墙上的看台眺望，思考着自己的困境。上林苑在皇宫的西面，占地千亩，以雪白的梨花而闻名。皇宫中的道路杂草丛生，提醒他自去年秋天“甘露之变”试图铲除宦官失败后，自己被软禁的困境。文宗用隐晦的语言在表达一种感受：唯有天子才能胸怀天下，即使遭到软禁，壮志丝毫不减。而宦官以及那些官吏，心中只有一己之私。

Written in the Palace by Li Ang

The Shanglin Woods are in bloom,
But autumn weeds hide the royal path.
My ministers no longer know,
How wide is the view from on high.

寻隐者不遇 贾岛

松下问童子，言师采药去。
只在此山中，云深不知处。

贾岛（779–843 年），出生在河北道幽州的范阳（今河北省涿州，离北京不远），年轻时削发为僧，后来转意还俗，致力于诗歌创作。他晚年在四川度过，虽然穷困潦倒，却有一群心意相投的朋友为伴。诗中的山一说是长安南面的终南山，三千年来，无数隐士在终南山里修行。即使退隐于城外云雾缭绕的深山，许多僧尼身边都会有一名年轻的侍者陪同。这些隐士采集草药用于做丹药和汤药，也用来交换生活必需品，如盐、食油、灯油、面粉或大米，偶尔也换取新的棉被或长袍。

Looking for a Recluse without Success by Chia Tao

Below the pines I ask the boy,
He says his master has gone to find herbs.
He's somewhere on this mountain,
But the clouds are too thick to know where.

汾上惊秋 苏颋

北风吹白云，万里渡河汾。
心绪逢摇落，秋声不可闻。

苏颋（670–727 年），于长安西部长大，他的散文和诗歌都广受好评。苏颋的父亲苏瑰曾在唐中宗（656–710 年）和唐睿宗（662–716 年）时期担任宰相。唐玄宗（685–762 年）在位早期，苏颋也曾担任宰相。但是 720 年，他被贬为益州大都督府长史，管理益州军事。之后，他又随驾东封泰山，于 725 年回到京城管理吏部选事。北风吹卷着白云从蒙古方向翻涌南下，苏颋则从四川一路北上，与白云相对而行，渡过汾河。诗文前两句取自汉武帝《秋风辞》中的“秋风起兮白云飞”“泛楼船兮济汾河”。后两句诗中，苏颋不仅对秋天的来临感到惊讶，也对自己的老态感到吃惊，此时他五十六岁，这里的“老”指的不是身体的衰老，而是政治生涯的结束。

Surprised by Autumn on the Fen by Su T'ing

The North Wind blows white clouds,
A thousand miles and across the Fen.
The hopes of my heart shudder and fall,
The sounds of autumn are hard to bear.

蜀道后期 张说

客心争日月，来往预期程。
秋风不相待，先至洛阳城。

张说（667–731 年），洛阳人，有些人认为他是八世纪初最伟大的诗人。他被多位皇帝重用，礼遇备至。他死后，唐玄宗下令全国哀悼。即使如此，张说也曾多次被下放至边远省份。这首诗就是他一路从成都北上长安，然后向东抵达洛阳时完成的。离开成都时，张说跟走另一条路的友人约定中秋节在洛阳相见，但张说未能按照约定的时间到达。那么令诗人感慨吃惊的，到底是自己的爽约，还是自己的年迈，抑或是哪位亲友的离世呢？同时期的诗人都注意到，张说被贬谪至湖南后，他的文风从对外在的描述，转向了内心的沉思和反省。

Delayed on the Szechuan Road by Chang Yueh

A traveler races the sun and moon,
Coming and going according to plan.
But autumn wind doesn't wait,
It reaches Loyang before me.

静夜思　李白

床前明月光，疑是地上霜。
举头望明月，低头思故乡。

李白留下诗篇约千首，这是他最著名的作品之一。后世的学者总是感叹于他的创作技巧是如此娴熟，不费吹灰之力便让读者身临其境、感同身受。当中国人看到月亮时，总是会想到身处异乡的家人和朋友，正在与自己遥望同一轮明月。

Thoughts on a Quiet Night by Li Pai

Before my bed the light is so bright,
It looks like a layer of frost.
Lifting my head I gaze at the moon,
Lying back down I think of home.

秋浦歌 李白

白发三千丈，缘愁似个长。
不知明镜里，何处得秋霜。

这首诗是李白于公元754年访问安徽贵池时写下的，是十七首《秋浦歌》中的第十五首。贵池如今依然是长江水路上的一个小港口，但它更以佛教圣地九华山的门户而闻名。在李白的时代，九华山只是一座普通的山，“九华”因李白的诗句“妙有分二气，灵山开九华”而命名。李白喜欢沿着小镇西南的秋浦河散步。这首诗常被认为是李白浪漫主义风格的代表作。但我们所谓的现实，永远受制于我们的情感，这大概是李白生命中这个时期最写实的一首诗了。李白逝世于当涂。他的遗体在附近入葬，他的灵魂乘着长鲸飞上了天堂。中国古代的镜子是由手掌大小的抛光金属凸盘制成，使用的时候拿在手里，不用时则用绸布罩起来。

Chiupu River Song by Li Pai

My white hair extends three miles,
The sorrow of parting made it this long.
Looking in a mirror who would guess,
Where autumn frost comes from.

赠乔侍御 陈子昂

汉庭荣巧宦，云阁薄边功。
可怜骢马使，白首为谁雄？

陈子昂（659–700 年），梓州射洪（今属四川）人，曾担任谏官等中级官职。他被认为是唐代早期最具有创新精神的诗人之一。他对民生的关注赢得了许多人的敬仰。文中，他表示了对朋友乔侍御的同情，认为乔和他一样，本应更好地施展自己的才华。两人曾在边塞并肩作战。陈子昂并没有直接批评当代朝政，而是批判五百年前的汉朝，那时监督边境的军队的是外戚和宦官集团，而真正有能力的武将困于京城。在汉代，云台和麒麟阁的墙上挂满了功臣们的画像，驰骋沙场的武将英雄却不在其中。陈子昂把自己和朋友比为“骢马使”，汉代刚正不阿的侍御史桓典的马车是由一组青白色的骢马拉着的，因此得骢马使的别称。

To Vice Censor Ch'iao by Ch'en Tzu-ang

The Han court glorified clever officials,
Cloud Pavilion disdained border service.
Pity the master of dapple-gray steeds,
What good is an old man's valor?

答武陵太守 王昌龄

仗剑行千里，微躯敢一言。
曾为大梁客，不负信陵恩。

王昌龄因怀才不遇，只在外省担任过低级官职。这是王昌龄在外派返回金陵途中，回复武陵太守的诗。这不是长安五陵，而是洞庭湖西沅水边的武陵（今天的常德）。也是王昌龄从沅水发源地附近出发，跋涉了许久后所见的第一个城镇。因此，他在诗中表达了从旅途凶险中幸存下来的欣慰，以及未被遗忘的感激。“大梁客”说的是古时候，信陵君魏无忌以在魏国都城大梁的府邸养食客三千而闻名。虽然诗人的比喻有些夸张，但我们应该理解诗人所受礼遇的心情——王昌龄在荒蛮之地驻守多时，即使那里并非真正危机四伏，与今夕的热情好客也是天差地别。

In Reply to the Prefect of Wuling
by Wang Ch'ang-ling

Still clutching my sword after a long journey,
Your servant dares but a word.
A guest of the Lord of Hsinling,
Never forgets such kindness.

行军九日思长安故园 岑参

强欲登高去，无人送酒来。
遥怜故园菊，应傍战场开。

岑参（约715–770年），江陵（今湖北荆州市荆州区）人。自打青年时期，他就常住在长安以南终南山下的居所。后来他去外省任职，然后两度去丝绸之路上的边疆驻守。755年，安史之乱爆发，次年叛军攻陷长安。朝廷军队先是撤退到灵武，757年又返回到凤翔。岑参从边疆赶回来跟官军会合。菊花在秋天盛开，根据传统，九月初九应喝菊花酒。九是阳数之极，所以这是一个极其阳刚的节日，男人们在这天庆祝他们阳刚的魅力，互祝健康长寿。文中第一句的“登高”指的是重阳节登高望远，这个习俗可以追溯到汉代的桓景。在第二句中，作者联想到陶渊明在重阳节没有酒喝，郁郁寡欢地坐在自家的花园里，直到刺史王弘得知他的困境后给他送去一罐酒。当年的秋天，唐军收复了都城。

Thinking of My Home in Ch'ang-an While Traveling with the Army for Nine Days by Ts'en Shen

If I could only climb somewhere,
But no one sends me wine.
My poor distant garden of mums,
Blooms by a battlefield now.

婕妤怨 皇甫冉

花枝出建章，凤管发昭阳。
借问承恩者，双蛾几许长？

皇甫冉（718—约770年），润州丹阳（今属江苏）人，少年时就以诗歌散文著称。虽然他担任过许多官职，但他的仕途并不如意，这首诗也表达了他的困惑。文中的主角是史学家班固的祖姑班婕妤，她是汉成帝的妃子。皇帝虽然欣赏她的美德和学识，但后来更迷恋赵飞燕，便让班婕妤长居长信宫。在长信宫，她写诗抱怨被皇帝冷落。后来人们常常借用班婕妤的诗文来抒发自己怀才不遇。在中国古代，眉毛被认为是女性十分重要的资产，就像西方文化里女性的乳房一样。因此，班婕妤将她的眉毛和宫中其他女性的进行比较。汉朝时，汉武帝建造的建章宫相传有千门万户，而成帝为赵飞燕修建的昭阳殿，就在建章宫的东方。

A Concubine's Lament by Huang-fu Jan

A flowering branch grows from Chienchang Palace,
From Chaoyang Hall I hear the royal flutes.
I wish I could ask those favored few,
Exactly how long are their eyebrows?

题竹林寺 朱放

岁月人间促，烟霞此地多。
殷勤竹林寺，更得几回过？

朱放（?–约 788 年），襄州襄阳（今湖北襄樊）人。短暂的官场生涯后，他退隐在浙江剡溪边。几年后，他奉诏担任江西节度参谋，驻地是州府南昌。在这里他去了庐山，庐山在南昌往北约两天的行程。竹林寺也称鹤林寺，是云雾缭绕的庐山上最著名的景点之一。竹林寺位于陡峭的西北山脊上，不过早就荡然无存了。虽然朱放清楚地意识到佛门清修与他安逸而雅致的生活相去甚远，但他已经不能像以前那样摆脱世俗，其中的原由也只有天知道了。

Written at Chulin Temple by Chu Fang

The months and years compel our lives,
Here the mist and clouds abound.
How many times will I again know,
The welcome of Chulin Temple?

三闾大夫庙 戴叔伦

沅湘流不尽，屈子怨何深！
日暮秋风起，萧萧枫树林。

戴叔伦（732—789年），润州金坛（今江苏常州市金坛区）人，长年在湖南担任幕僚，也曾任抚州刺史。沅江和湘江是洞庭湖南部最大的两条支流，而洞庭湖也是湘江汇入长江前的最后一段水域。这里是屈原的流放地，也是他投江自尽之所。屈原的谏言本可以使楚国免于覆亡，但他却遭流放。他选择以死明志，与不公的世道诀别。题目中的“三闾”指的是屈原曾任三闾大夫，负责管理屈、景、昭三大家族的差事。有史学家说三闾庙在汨罗，位于屈原投江处附近。也有另一些人说三闾庙位于怀化附近的沅江上，戴叔伦当时在那里担任幕僚。诗的最后化用了屈原《楚辞·招魂》里的两句，萧萧红枫，如同诗人泣血的心。

Passing the Shrine to the Master of the Three Gates
by Tai Shu-lun

The waters of the Yuan and Hsiang never cease,
Ch'u Yuan's grief is so deep.
The autumn wind rises at sunset,
And blows through a grove of maples.

易水送别 骆宾王

此地别燕丹，壮士发冲冠。
昔时人已没，今日水犹寒。

骆宾王（约 638–684 年），出生于浙江，成长于山东，是初唐四杰之一。他经历了仕途浮沉，一度远至丝绸之路上的绿洲吐鲁番，之后又被远派到西南戍守边疆。后来他因为多次上疏讽谏入狱，随后被外放浙江临海丞。不久，他又在扬州加入了徐敬业的起义军。徐敬业兵败后，骆宾王也受到牵连被杀，但也有人说他遁入了空门。文中，他回忆燕太子丹和荆轲离别时的场景，太子丹派荆轲去刺杀即将成为始皇帝的暴君秦王，两人在燕国国都城外的易水岸告别时，荆轲手握宝剑，唱道："风萧萧兮易水寒，壮士一去兮不复还。"激扬的情绪使得荆轲的头发竖立，将帽子顶了起来。尽管决心如此坚定，荆轲最终还是以失败而告终，在行刺时身亡。骆宾王想起这一幕时，开始担心自己很可能出师未捷身先死，但他从荆轲不朽的英名上得到了慰藉。

Saying Goodbye on the Yi River by Lo Pin-wang

Here where Yen Tan said goodbye,
A hero raised his hat with his courage.
The men of the past are gone,
But the water is still cold today.

别卢秦卿 司空曙

知有前期在，难分此夜中。
无将故人酒，不及石尤风。

司空曙，洺州（今河北邯郸）人，曾任剑南节度使的幕僚，后任虞部郎中，是“大历十才子”之一。他的诗歌主题常常是些日常琐事，文风以诙谐俏皮、简朴淡雅著称。对他们这样的诗人来说，一起饮酒作诗就是生活的重心。因此，司空把酒与一场大风作比，试图用酒来挽留朋友卢秦卿。“石尤风”出自一位妻子和她从商的丈夫的故事。因丈夫尤郎久未归家，妻子石氏心碎而死，临终时，妻子发誓：“我死后，我的灵魂将化作一阵大风，阻止天下所有想要离开妻子而远行的男人。”“石尤风”是她和丈夫名字的结合，意为阻止夫妻的别离。

Saying Goodbye to Lu Ch'in-ch'ing
by Ssu-k'ung Shu

I know we plan to meet again,
But how can we part tonight.
Don't think an old friend's wine,
Is weaker than a Shihyu wind.

答人 太上隐者

偶来松树下，高枕石头眠。
山中无历日，寒尽不知年。

关于这首诗的作者，人们知道他住在长安以南的终南山上，自称“太上隐者”，除此之外，没有人知道他的来历。当有人问他为什么住在这里，住了多久时，他便写下了这首诗作答。诗中，他用“偶来”回答第一个问题，“无历日”回答第二个问题，然后表示隐居修行是最不在乎时间的。“高枕石头眠”源自于禁止僧侣使用舒适枕被的戒律，但在这里是强调诗人对于常规的舒适标准和戒律的超脱。最后一句让人想到《桃花源记》中的避难者们，世世代代隐居在桃花源，被外人发现后询问今世是何世的典故。

In Reply by The Ancient Recluse

Somehow I ended up beneath pines,
Sleeping in comfort on boulders.
There aren't any calendars in the mountains,
Winter ends but who counts the years.

五言律诗　四十五首
Part Two: Forty-five Poems

幸蜀回至剑门 唐玄宗

剑阁横云峻，銮舆出狩回。
翠屏千仞合，丹嶂五丁开。
灌木萦旗转，仙云拂马来。
乘时方在德，嗟尔勒铭才。

唐玄宗是中国历史上在位时间最长（712–756 年在位）、最有影响力的皇帝之一，但他也有极大的“缺陷”：无心朝堂政务，醉心于舞文弄墨及宗教迷信，痴迷于杨贵妃。756 年夏天，当安禄山的叛军逼近长安时，他逃到了四川中部。他的儿子李亨即位为唐肃宗，在长安西北的宁夏建立了一个临时都城。次年秋天，安禄山叛军被镇压，新皇邀请唐玄宗回京，玄宗委婉地将他这段时间的出逃称为“出巡”。他的这首诗讲了一个故事：五位壮士迎接五位美女还蜀时，看到一条巨蛇钻进山洞里，于是他们抓着蛇的尾巴试图把它拉出来，结果造成山崩，壮士身亡，但开辟了一条更平坦的路。757 年的冬天，作为太上皇的唐玄宗到达成都东北二百多公里处的剑门关时，转身对左右侍臣说：“剑门天险若此，自古及今，败亡相继，岂非在德不在险耶。”当时的这番感慨，以及本诗的灵感都来自西晋张载写下的《剑阁铭》。在铭文中，张载回忆起早先魏武侯与吴起的对话。魏公称山水为国宝，吴起却说“兴实在德，险亦难恃”，意思是国家的稳固在仁德而不在险要的地势。玄宗终于意识到，是他对朝廷政事的疏忽导致了自己的失败。

Reaching Sword Gate Pass After Touring the Land of Shu by Hsuan-tsung

Our tour complete our carriage returns,
To Sword Gate's cloud-barred peaks.
Its mile-high screen of folded jade,
Its cinnabar walls breached by heroes.
Our pennants weave through canopies of trees,
Ethereal clouds brush past our horses.
Rising to the times depends upon virtue,
How apt is this inscription.

和晋陵陆丞早春游望 杜审言

独有宦游人，偏惊物候新。
云霞出海曙，梅柳渡江春。
淑气催黄鸟，晴光转绿蘋。
忽闻歌古调，归思欲沾巾。

杜审言（约 645–708 年），是杜甫的爷爷，襄阳人，跟着父亲搬到了洛阳东边的巩县（今河南巩义西南）。杜审言在武则天称帝时担任要职，但其诗歌和书法更加闻名，是唐代格律诗的奠基者之一。武则天驾崩后，他失去了皇帝的信赖，在 705 年被贬到今天的越南北部，虽然不久就被召回京担任闲职，这段贬谪经历深深地影响了他后期的诗作。这首诗是杜审言谪居南方时，为朋友陆元方的《早春游望》所作的一首和诗。陆元方曾在武则天当朝时担任宰相。《早春游望》中提到，江南的春天来得比京城早得多。杜审言称自己为“宦游人”，即是离家做官的人。这个词常被谦卑的官员们用来自称，也用来称呼派往外省的官员。宦字本身是指去了势的宦官，此处杜审言用“宦游人”来凸显他在官场的窘境，以及他对权力复兴的无望。春天的到来让他感到惊诧，黄鹂的鸣叫让他想起了在京城的妻子，而无根的浮萍（绿蘋）让他感慨漂浮不定的生活。诗中提到他所熟悉的“歌古调”，就是他要和的诗。

Replying to a Poem by Prime Minister Lu of Chinling by Tu Shen-yen

Only an impotent official,
Is truly surprised when things become new.
Red clouds giving birth to the ocean dawn,
Plums and willows ferrying spring across the river.
Clear skies inciting yellow birds,
Sunshine turning duckweed green.
Suddenly hearing a familiar tune,
I think of home and dry my eyes.

蓬莱三殿侍宴奉敕咏终南山 杜审言

北斗挂城边，南山倚殿前。
云标金阙迥，树杪玉堂悬。
半岭通佳气，中峰绕瑞烟。
小臣持献寿，长此戴尧天。

诗中此时，杜审言正在长安大明宫的蓬莱三殿中参加万寿节，为皇帝庆生。传闻渤海有一座时隐时现的蓬莱仙岛，道教的高人们都希望能在那里超脱凡俗，得道成仙，“蓬莱三殿”便以此为名。诗中的南山是位于长安以南三十公里的终南山。“北斗”“南山”均含不朽之义，诗人用这些词语把人间的皇朝捧到了天界。《诗经·小雅·天保》有言：“如月之恒，如日之升。如南山之寿，不骞不崩。”北斗被众星环绕，既象征长寿，也有定位和领导的含义。金阙与玉堂为天界的象征，也被用来做皇宫的美称。尧是一位传奇的皇帝，在上古时期统治中国。孔子曾在《论语》中感叹“大哉，尧之为君也！巍巍乎！唯天为大，唯尧则之”，意思是尧是多么伟大的君主啊，他是多么辉煌！唯有天道是最高最大，唯有尧能效法于天！尧祖上的封地是古唐国，他统治的时期也被称为古唐朝。因此，最后两句诗也表明本诗为杜审言流放归来之后所作，此时都城已由洛阳迁回了长安。但武则天死后，唐朝是否能够复兴，唐中宗的复位是否稳固都还未确定。因此，在祝寿的同时，杜审言也在提醒皇帝，他有责任维护天命，造福于天下子民。

At an Imperial Banquet in Penglai Hall Offering Praise for the Chungnan Mountains by Tu Shen-yen

The Northern Dipper hangs beside the wall,
The Southern Mountains lean before the palace.
Golden gates appear in distant clouds,
Jade halls float above the trees.
A noble air spreads across the slopes,
A propitious mist circles the central peak.
Your servant offers wishes for long life,
Long may you keep the ways of Yao alive.

春夜别友人 陈子昂

银烛吐清烟，金尊对绮筵。
离堂思琴瑟，别路绕山川。
明月隐高树，长河没晓天。
悠悠洛阳道，此会在何年。

陈子昂在离开成都前往洛阳时写下了这首诗。告别酒会已进入后夜，银烛燃尽，陈子昂和好友听到了彼此心中的“高山”和“流水”，就像樵夫钟子期听到俞伯牙的琴声那样心领神会。他们互相敬酒时，联想起被天帝分离在天河两岸的织女和牛郎，他们每年仅相会一次，而陈子昂担心他和朋友们分开的时间会更长。之后，陈子昂回到洛阳，仕途一帆风顺。但由于在武则天执政时树敌过多，据说当他回到射洪守丧时，女皇的侄子武三思指使当地县令将他迫害致死。

Parting from a Friend on a Night in Spring
by Ch'en Tzu-ang

As black smoke coils from silver candles,
We raise gold cups across silk mats.
Our thoughts are like zithers in this hall of parting,
Following a path over mountains and streams.
The bright moon sinks below tall trees,
The River of Stars vanishes at dawn.
The road to Loyang leads so far away,
What year will it lead back again.

长宁公主东庄侍宴 李峤

别业临青甸，鸣銮降紫霄。
长筵鹓鹭集，仙管凤凰调。
树接南山近，烟含北渚遥。
承恩咸已醉，恋赏未还镳。

李峤（约 645– 约 714 年），曾任三朝宰相，但在 712 年唐玄宗即位后，因为之前密谋干涉朝政而被贬庐州别驾。虽然他的诗作备受推崇，但应诏所写的诗都十分粗浅，这首诗亦是如此。编入诗集的原因可能是编者想提供一个应制诗的实例。李峤的这首诗记录了唐中宗探访女儿长宁公主位于长安东部的庄园时的场景，诗文中充满了比喻：青色象征东方，甸是绿色的郊野，紫色象征皇帝，鹓鹭代表陪同的大臣和随从，凤凰代表驸马和公主，南山指的是长安城南的终南山，北渚指的是长安城北的渭水。

Attending a Banquet at Princess Ch'ang-ning's Eastern Estate by Li Chiao

Her country estate overlooks a blue domain,
Carriages come ringing out of a purple sky.
Mandarins and egrets flock to an endless feast,
Phoenixes perform celestial flute pavanes.
Tree-covered mountains rise to the south,
Mist-shrouded marshes stretch to the north.
Everyone is drunk from drinking in such favor,
Their philanthropic majesties put off their departure.

恩制赐食于丽正殿书院宴赋得林字 张说

东壁图书府，西园翰墨林。
诵诗闻国政，讲易见天心。
位窃和羹重，恩叨醉酒深。
载歌春兴曲，情竭为知音。

张说在唐睿宗在位时升为宰相。718 年，唐玄宗改乾元殿为丽正修书院，后来又让张说任修书使。在宴席上，玄宗让张说以“林”字为韵脚作诗，于是张说脱口即得“西园翰墨林”。《诗经》和《易经》是古代文人研究和引用得最多的经典。末尾的“知音”指的是皇帝对他的知遇之恩，来源于伯牙和子期的故事，每当俞伯牙弹琴时，只有樵夫钟子期能理解他的心声（另见《春夜别友人》一诗）。

Given the Word "Forest" by His Majesty at the Licheng Palace Library Banquet by Chang Yueh

In the East Wing's halls of maps and texts,
In the West Garden's forest of brushes and ink.
We chant the *Odes* and hear the royal directives,
We discuss the *Changes* and observe the moods of Heaven.
Our posts though humble our roles are vital,
Well favored and supplied with wine.
We compose songs on the coming of spring,
Exhaust our hearts for the one who knows them.

送友人 李白

青山横北郭，白水绕东城。
此地一为别，孤蓬万里征。
浮云游子意，落日故人情。
挥手自兹去，萧萧班马鸣。

744 年前后，盛宠一时的李白被逐出长安，余生都在各地徘徊，寻找赞助人，并寄望能重返京城。754 年，李白与一位友人在宣城辞别时写下了这首诗。古代的城池通常由两重城墙保护：内层是由砖石砌成的墙，外层是夯土堆成的郭。两道城墙之间是农田，可以在封城时为居民供应食物。当时与朋友告别的习惯是，人们在外城墙边的驿站聚会，为远行的友人送别。今天我们在宣城仍然可以看到东城墙的遗迹，护城河也依然流淌。

Seeing Off a Friend by Li Pai

Dark hills stretch beyond the north rampart,
Clear water circles the city's east wall.
From this place where separation begins,
A tumbleweed leaves on a thousand-mile journey.
Drifting clouds in a traveler's thoughts,
The setting sun in an old friend's heart.
As we wave and say goodbye,
Our parting horses whinny and neigh.

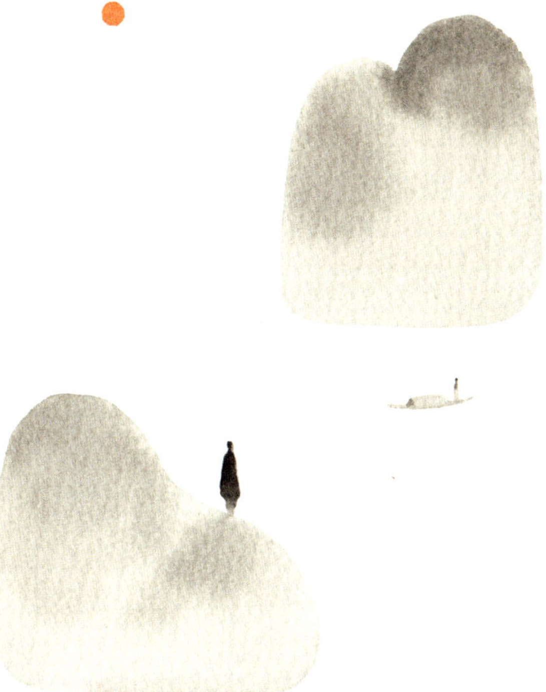

送友人入蜀　李白

见说蚕丛路，崎岖不易行。
山从人面起，云傍马头生。
芳树笼秦栈，春流绕蜀城。
升沉应已定，不必问君平。

李白深知蜀道之难，因为蜀道终点就在他四川的家乡——成都北边的青莲镇附近。四川西部曾受古代蜀国的管辖，又名蚕丛国。公元前 316 年，秦惠文王在此地建立了汉人政权。公元前四世纪，秦国为攻打蜀国，修建了秦栈。由于分隔两国的秦岭山脉崎岖不平，所以栈道的有些路段只是嵌入岩石中的厚木板。“蜀城”指的是成都，“春流”则指岷江流经成都而行成的护城河。诗中提到的严遵，字君平，是西汉时期隐居在成都的道士，以卖卜闻名。诗的下半阕，李白试图安慰即将入蜀的朋友，建议他接受命运的不公，在失意中看到希望，因为最为神机妙算的算命先生也无法看穿陷害者的阴谋诡计。

Seeing Off a Friend Leaving for Shu by Li Pai

You've heard of the Tsantsung Road,
How rugged it is and hard to travel.
Mountains rise before your face,
And clouds appear beside your horse.
But the planks of Ch'in are shrouded by fragrant trees,
And the walls of Shu are circled by the currents of spring.
Ups and downs are surely fixed,
You don't need to ask Yen Tsun.

次北固山下 王湾

客路青山外，行舟绿水前。
潮平两岸阔，风正一帆悬。
海日生残夜，江春入旧年。
乡书何处达？归雁洛阳边。

王湾（约690—740年），洛阳人，虽然他仕途平平，但年少时就以诗歌成名。写这首诗时，他在长江下游北固山下的一个小洲上过夜。这里是京杭大运河与长江的交汇处，舟船经常在此停泊歇息，然后继续航行，要么沿着运河往南或往北，要么向东入海或沿着长江向西逆流而上。王湾的家在七百公里外的北方，而这里的春天来得比北方要早很多，这不禁使他意识到青山遥远，故乡难回。传闻汉昭帝在上林苑射中一只大雁，脚上系着帛书，写信的是被匈奴扣留的苏武。从那时起，大雁就成了相思者的信使。诗的颈联（第五、六句）极其有名，丞相张说亲自书写成对联，挂于堂前，以示为佳句典范。

Stopping at Peiku Mountain by Wang Wan

My route goes past blue peaks,
Where river boats ply green water.
The current is smooth the shores are wide,
The wind is perfect for hoisting a sail.
The ocean sun rises in the traces of night,
The river spring starts inside the old year.
How can I send a letter home?
Tied to a goose bound for Loyang.

苏氏别业 祖咏

别业居幽处，到来生隐心。
南山当户牖，沣水映园林。
竹覆经冬雪，庭昏未夕阴。
寥寥人境外，闲坐听春禽。

祖咏（约 699—746 年），出生于洛阳。通过了科考后，经王维等好友推荐在长安担任一些闲职。这首诗描写了他拜访隐居在长安西北沣水边苏姓友人的情景。诗中所写的“到来生隐心”并非空谈，写下这首诗后不久，祖咏便辞官回到洛阳，隐居在老家南面的汝水河边。住宅依山傍水是很重要的，而竹子代表虚怀若谷而又不屈不挠的美德。某些版本用“屋覆”代替了“竹覆”。诗中描绘的昏暗庭院暗示住宅远离世俗，隐蔽在山林深处。

Mister Su's Country Home by Tsu Yung

Your country home is such a quiet place,
I think of retiring each time I come.
The Chungnan Mountains in your doors and windows,
The Feng River reflecting your trees and garden.
Your bamboo bending with winter-long snow,
Your courtyard dark before dusk.
Beyond the sound and reach of man,
I sit and listen to the birds of spring.

春宿左省 杜甫

花隐掖垣暮，啾啾栖鸟过。
星临万户动，月傍九霄多。
不寝听金钥，因风想玉珂。
明朝有封事，数问夜如何。

杜甫（712—770 年），758 年杜甫在长安担任左拾遗时写下了这首诗。这份工作要求他必须在皇宫过夜，以便在破晓时谒见皇帝。因此，他在诗中把自己比作一朵无法移动的花，将可以回家休息的低职官员比作鸟。皇室的缰绳用形似玉石的贝壳装饰，而贝壳也象征着财富和地位。此时安史之乱尚未完全平息，诗人值夜时难以入眠，仿佛听到了群臣骑马上朝的马铃声，表现了诗人勤于国事的心境。写完这首诗后不久，他就被贬谪了，带着家人四处漂泊，直到去世。

Staying Overnight at the Chancellery in Spring
by Tu Fu

Flowers close by palace walls at dusk,
Nestbound birds call as they pass.
Stars appear and thousands of doors open,
The moon shines brighter near the highest heaven.
The sound of gold locks keeps me awake,
Were those jade bridles I heard in the wind.
Morning court brings more sealed dispatches,
And questions about last night.

题玄武禅师屋壁 杜甫

何年顾虎头，满壁画沧洲。
赤日石林气，青天江海流。
锡飞常近鹤，杯渡不惊鸥。
似得庐山路，真随惠远游。

759年，杜甫前往成都的途中路过梓州（今四川三台），在附近的一座寺院里看到了这幅壁画。顾恺之（约345–409年，小字虎头）是一位著名的仙佛画家，但是杜甫只是借用他的别名来赞美实际作画人。画的景物是隐士居所沧洲和几个道士。有一次，梁武帝（502–549年在位）告诉一个僧人和一个道士说，谁能率先把一件物品放在山顶，谁就可以在潜山上建立寺观。于是，僧人投出了有魔力的锡杖，道士放出了鹤。壁画也描绘了一位僧人仅仅凭借木杯渡水而来的故事。列子注意到，海鸥只害怕想要捕捉它们的人。诗中尾联（律诗的第七、八句）提及的“惠远”指的是东晋时期庐山东林寺的慧远高僧（334–416年），他曾在庐山修行，创立了净土宗。慧远的知交陶渊明住在附近，常常到东林寺拜访慧远法师，辩论“形影神”的哲理。

Painted on the Wall of Master Hsuan-wu's Room
by Tu Fu

What year did Tigerhead Ku,
Cover this wall with scenes of Tsangchou.
The red sun and forest of rocks,
The blue sky and ocean of waves.
A staff forever flying next to a crane,
A seaborne tub beside unfrightened gulls.
This is like finding the road to Lushan,
Following the actual steps of Hui-yuan.

终南山 王维

太乙近天都，连山到海隅。
白云回望合，青霭入看无。
分野中峰变，阴晴众壑殊。
欲投人处宿，隔水问樵夫。

王维在长安担任过一些重要官职，最高到副相。然而，他对政事的热情远远比不上他对山水的热爱，所以他隐居于终南山的时间比在朝为政的时间还多。太乙又称“太一”，是终南山的别称。天都指的是道家的天府，也指天帝居住的地方。“白云”代表着一种超然的生活态度，“青霭”代表对世俗的渴望。古代以二十八星宿的位置来划分星空，与十二生肖有所对应。在中国，行走山间，偶遇樵夫、采药人或是隐士，即使素昧平生，都会有无限亲切之感。

The Chungnan Mountains by Wang Wei

Taiyi isn't far from the Heart of Heaven,
Its ridges extend to the edge of the sea.
White clouds form before your eyes,
Blue vapors vanish in plain sight.
Around its peaks the whole realm turns,
In every valley the light looks different.
Needing a place to spend the night,
I yell to a woodcutter across the stream.

寄左省杜拾遗 岑参

联步趋丹陛，分曹限紫微。
晓随天仗入，暮惹御香归。
白发悲花落，青云羡鸟飞。
圣朝无阙事，自觉谏书稀。

安禄山之乱逐渐平息，岑参在随行唐肃宗（756–762年在位）返回长安后，于次年（758年）写下这首诗寄给了杜甫，诗中描述了他和杜甫一同上朝的情景。岑参受杜甫推荐任右补阙，负责为皇帝行谏和举荐人员。杜甫任左拾遗，负责供奉、讽谏。中书省位于皇宫宣政门的西侧，门下省位于东侧，两处被紫薇花隔开。写完这首诗后不久，“白发”岑参和“青云”杜甫都被罢免了官职。

To Censor Tu at the Chancellery by Ts'en Shen

We hurry in pairs up cinnabar steps,
Our ranks divided by purple myrtle.
At dawn we follow the guards inside,
At dusk we return trailing perfume.
An old man grieves to see petals fall,
A rising official envies wild birds.
The court of a sage contains no omissions,
The work of a censor I imagine is rare.

登总持阁 岑参

高阁逼诸天，登临近日边。
晴开万井树，愁看五陵烟。
槛外低秦岭，窗中小渭川。
早知清净理，常愿奉金仙。

757年，岑参随唐肃宗的军队返回长安，不久就拜访了总持寺。总持寺位于秦岭终南山最北端的南五台山上，在长安东南二十八公里，渭河东南约四十公里。当他登上寺里的高阁时，想到了古人所说的“九天”。浓烟也许是撤离的安禄山叛军在京城西北的五陵住宅区纵火造成的。岑参一生宦海浮沉，渐渐地看穿了权贵的渺小和无足轻重。他不禁想道，如果抛下官场的这一切，常伴青灯古佛岂不是更好。诗中最后一句的“金仙”指的是佛。

On Climbing Tsungchih Pagoda by Ts'en Shen

I climbed a pagoda that touched the highest heaven,
I stood at the edge of the sun.
I could see ten thousand courtyards below,
And the dismal smoke of Wuling.
Beyond the railing the Chinling looked low,
The Wei seemed small in the window.
If I had known such detachment before,
I would have served the golden immortal.

登究州城楼 杜甫

东郡趋庭日，南楼纵目初。
浮云连海岱，平野入青徐。
孤嶂秦碑在，荒城鲁殿余。
从来多古意，临眺独踌躇。

杜甫于735年科考落第后前往兖州，探望担任兖州司马的父亲时写下了这首诗，“趋庭”指探望父亲。兖州就是秦汉时期的薛郡，是黄河下游与山东半岛的交会处。从兖州南楼远望，让他想到了时光的无情。兖州北面的泰山，是神灵安息之所；更远处是渤海，那里有仙岛缭绕。公元前219年秦始皇巡视琅邪山，在琅邪台的一块石碑上留下了到访的记录，而秦始皇巡游也导致了农田的荒废。曲阜曾是周代鲁国的都城，也是汉代鲁恭王建造灵光殿的地方。杜甫的父亲身体欠佳，不久就溘然长逝了。

Climbing Yenchou Tower by Tu Fu

Visiting my father in East District,
I finally looked out from South Tower.
Clouds stretched beyond Taishan to the sea,
Wasteland reached into Hsu and Chingchou.
The outline of the stele of Ch'in was still there,
The walls of Lu Palace were rubble.
I've always been drawn to the past,
But this time my heart trembled.

送杜少府之任蜀州 王勃

城阙辅三秦，风烟望五津。
与君离别意，同是宦游人。
海内存知己，天涯若比邻。
无为在歧路，儿女共沾巾。

王勃（649 或 650–676 年），是唐朝的神童，后来被誉为“初唐四杰”之一。他因杀了一名官奴而被判死刑，他的父亲也被连累，贬谪到越南河内。虽然后来他被赦免了，但却在与父亲团聚的归途中不幸溺亡。诗中，他与从长安出发西行入蜀的朋友杜少府告别，同时暗示自己也要去外省了。诗里的“海内存知己，天涯若比邻”可谓千古绝唱。“三秦”是指古秦国分割成的三个行政区，而长安处在中心。杜少府的目的地是崇州，与四川西部的成都隔岷江相望，沿江有五个渡口可以到达对岸。

On Deputy Prefect Tu Taking Up a Post in Shuchou
by Wang Po

From walls that guard the realms of Ch'in,
Through windblown mist to the fords of Shu.
We gaze and consider our separation,
Both of us nomad officials.
But still true friends this side of the sea,
Neighbors on either shore of the sky.
Where the road forks let us not join,
We part ways in tears.

送崔融 杜审言

君王行出将，书记远从征。
祖帐连河阙，军麾动洛城。
旌旗朝朔气，笳吹夜边声。
坐觉烟尘扫，秋风古北平。

杜审言在洛阳侍奉武则天时写下了这首诗。作为御用诗人，他必须出席军队出征这样的重大活动。在这首诗中，崔融（653–706 年）刚被任命为女皇侄子武三思的书记官，此时正要随军北上。虽然担任这个官职的人一般都有升迁的机会，但崔融仍然需要鼓励和安慰，于是杜审言提醒他，随军文官的任务是观战记录，而不是直接参战。这首诗写于 696 年的秋天，契丹入侵河北后不久。唐军在第一次交锋中被契丹击溃，后来才成功地击退了敌军。古北是北京东北一百多公里处长城脚下的一个战略要塞。

Seeing Off Ts'ui Jung by Tu Shen-yen

Our sovereign sends forth her general,
Her secretary joins the distant campaign.
Farewell tents line palace gates,
Columns of soldiers shake city walls.
With flags and pennants to mark the dawns,
And flutes and drums to fill border nights.
Smoke and dust will rise while you watch,
The autumn wind quell Kupei.

扈从登封途中作　宋之问

帐殿郁崔嵬，仙游实壮哉。
晓云连幕卷，夜火杂星回。
谷暗千旗出，山鸣万乘来。
扈从良可赋，终乏掞天才。

宋之问（约 656–713 年），汾州（今山西汾阳）人。武则天在位时，他先后在长安和洛阳担任要职。历史上宋之问与沈佺期一同被誉为初唐最杰出的诗人，时称“沈宋”。705 年，武则天去世后的政治角斗使他在朝廷上越发势弱。710 年，唐睿宗重登皇位后他被流放到南方，终被赐死。这首诗描述了 696 年初他陪同武则天去嵩山封禅祭典返程的经历。这种祭典一般是在东岳泰山之顶举行。嵩山据占五岳的中心位置。古时“万乘”象征天子的权势。登封是嵩山脚下的一个城镇，位于洛阳东南约六十公里处。

The Imperial Entourage on the Road from Tengfeng by Sung Chih-wen

A palace of brocade adorns the great peak,
The ascent of an immortal is glorious indeed.
At dawn curtains weave through the clouds,
At dusk lanterns flicker among the stars.
Countless banners wind out of a dark ravine,
Down the quaking mountain ten thousand chariots roll.
The royal entourage is worthy of an ode,
Alas I lack the skill to dazzle Heaven.

题义公禅房 孟浩然

义公习禅寂，结宇依空林。
户外一峰秀，阶前众壑深。
夕阳连雨足，空翠落庭阴。
看取莲花净，方知不染心。

孟浩然大部分时间都在汉江上的襄阳一带生活，这是他漫游吴越，拜访浙江绍兴的一位僧人朋友时所作。义公的禅房建在会稽山陡峭的山坡上，雨后夕阳返照，树荫洒满庭院，禅院显得格外幽静。大禹寺是以夏后氏部落领袖大禹命名的，大禹通过疏浚而不是筑堤来治水，减少了洪水的危害。莲花开在初夏，代表“出淤泥而不染”的品格。

Written on Master Yi's Wall at Tayu Temple
by Meng Hao-jan

Accustomed my friend to the stillness of Zen,
You built a refuge in deserted woods.
Outside the gate a lone peak soars,
Beyond the steps wind countless ravines.
Sunset follows a day-long rain,
Tall trees cover your yard with shade.
Now that I've seen the lotus in bloom,
I know the mind impervious to stain.

醉后赠张九旭 高适

世上漫相识，此翁殊不然。
兴来书自圣，醉后语尤颠。
白发老闲事，青云在目前。
床头一壶酒，能更几回眠？

这是高适酒后赠给朋友张旭（750 年前后在世）的一首诗。张旭是中国古代最伟大的书法家之一，他的草书最著名，尤其是他醉酒时写的书法更为笔走龙蛇。七十年代我住在台北，每次去香港办事前，我都会问我的书法老师要不要给他捎回大陆特产的笔墨，但他每次都只要大曲酒，他说在黎明前喝一两盅白酒后书法写得最好。因为张旭善饮酒，所以被列入“饮中八仙”。据说他平时将酒壶置于床头，醒来便饮。“青云”代表高位，张旭刚被任命为金吾长史，上朝的时间更早了。高适在诗中用了张旭的两个别号：“草圣”和“张颠”。

To Chang Hsu After Drinking by Kao Shih

The world is full of fickle people,
You old friend aren't one.
Inspired you write like a god,
Drunk you're crazier still.
Enjoying white hair and idle days,
Blue clouds now rise before you.
How many times will you still sleep?
With a jug of wine by your bed.

玉台观 杜甫

浩劫因王造，平台访古游。
彩云萧史驻，文字鲁恭留。
宫阙通群帝，乾坤到十洲。
人传有笙鹤，时过北山头。

764 年，杜甫在成都东北二百公里处嘉陵江边的阆中时写下了这首诗。唐高祖（618–626 年在位）之子滕王担任隆州刺史时，在玉台山上建了玉台观。萧史是公元前七世纪的一位仙人，擅长吹箫，在华山成仙。玉台观的碑文，与汉景帝（前 157– 前 141 年在位）之子鲁恭王在孔子故里发现的古书如出一辙。道教仙人们乘鹤到达仙岛，传说人们经常见到周灵王太子王子乔驾鹤吹笙从山头飞过。

Jade Terrace Temple by Tu Fu

The palatial steps were built by a king,
The terrace resembles those of the past.
Colored clouds welcome Hsiao Shih,
Inscriptions quote the words of Lu Kung.
The shrine halls lead to the realm of the gods,
The whole place recalls an immortal isle.
People report hearing flutes and cranes,
On their way to the peak to the north.

观李固请司马弟山水图 杜甫

方丈浑连水，天台总映云。
人间长见画，老去恨空闻。
范蠡舟偏小，王乔鹤不群。
此生随万物，何路出尘氛。

杜甫于764年在成都为李固弟弟的山水画写下了三首诗，这是其中一首。“方丈”是一座仙人居住的岛屿，“天台”是浙江的一座名山，两者都被称为道家修道圣地。范蠡是春秋末年的政治家，为了逃避权力和虚名隐居陶山。“王乔”是指周灵王的太子晋，他最终乘鹤仙去。杜甫感叹如果范蠡的船能多带上一个人，或者王子乔有两只鹤就好了。“尘氛”是指他的官场同僚们挤在路上掀起的尘土，也代表佛教中所说的感官的“红尘”。

On Seeing a Landscape Painted by My Commissioner Cousin for Li Ku by Tu Fu

Fangchang surrounded by water,
Tientai all dazzling clouds.
I often see their pictures on walls,
But I hate such tales in old age.
Fan Li's boat is too small,
And Wang Ch'iao's crane flies alone.
I've followed everyone else this life,
Where can I go to escape the dust?

旅夜书怀 杜甫

细草微风岸，危樯独夜舟。
星垂平野阔，月涌大江流。
名岂文章著？官应老病休。
飘飘何所似，天地一沙鸥。

一直资助他的友人严武逝世后，杜甫离开成都，带着家人一路向东，寻找下一个落脚处。诗中，他乘坐一艘高耸桅杆的客船顺流而下。他多么希望自己能够施展才华，成就更多，而不仅仅以无法养家糊口的诗文行世。他最后一次离职时只有五十四岁，年老和疾病只是借口的说辞，以免有批评朝廷不识人的嫌疑。月亮在繁星满天后才缓缓升起，它一定疲惫极了，这是作者对自己仕途多么巧妙的比喻啊。

Recording My Thoughts While Traveling at Night
by Tu Fu

A shore of thin reeds in light wind,
A tall boat alone at night.
Stars hang over the wilderness,
The moon rises out of the Yangtze.
How could writing ever lead to fame?
I quit my post due to illness and age.
Drifting along what am I like,
A seagull somewhere between Heaven and Earth.

登岳阳楼 杜甫

昔闻洞庭水，今上岳阳楼。
吴楚东南坼，乾坤日夜浮。
亲朋无一字，老病有孤舟。
戎马关山北，凭轩涕泗流。

768 年，杜甫坐船经过长江三峡后写下了这首诗。他本希望继续北上回洛阳附近的老家，但军队的活动使他的旅程变得过于危险。早在屈原时期（前 340– 前 278 年），洞庭湖就成了流放的代名词，失宠的官员常常被贬谪到此。岳阳楼位于洞庭湖的东北角，距离湖水与长江的汇合处不远，。岳阳楼最初建于三国时期以前（220–280 年），作为水师演练的观礼台，之后多次重建。诗中所描述的岳阳楼是张说于 716 年贬谪岳阳时扩建的。完成这首诗后，杜甫和他的家人在船上又住了一年，之后杜甫病逝，葬于岳阳东南九十多公里处。

Climbing Yuehyang Tower by Tu Fu

I heard long ago about Tungting Lake,
Here I am climbing Yuehyang Tower.
Where Wu and Ch'u divide South from East,
Where Heaven and Earth and day and night drift.
Of family and friends I have no news,
Old and sick my world is a boat.
With war over the northern passes,
My tears fall on the railing.

江南旅情 祖咏

楚山不可极，归路但萧条。
海色晴看雨，江声夜听潮。
剑留南斗近，书寄北风遥。
为报空潭橘，无媒寄洛桥。

诗歌的背景是冬日将去，祖咏此时很不情愿地接受了一项差事，来到湖南的首府长沙。“荆山”以古代位于该地域的楚国得名，从湖南南部延伸到江西北部。“剑”是他出仕为官的配饰。大雁是乡愁者的信使，而此时大雁的迁徙与家乡的方向相反，他要寄出家书，但不知何时才能送达。南斗星座在南方才能看见。长沙湘江的橘子洲盛产佳橘，这是极受欢迎的新年礼物，因为橘色代表丰收和幸福。

Traveling South of the Yangtze by Tsu Yung

The Mountains of Ch'u never end,
The only road home is bleak.
Rain appears from a clear blue sky,
Flood waters roar all night.
My sword stays here by the Southern Dipper,
My letters buffet the distant North Wind.
I would send Changsha oranges as gifts,
But who will take them to Loyang Bridge.

宿龙兴寺 綦毋潜

香刹夜忘归，松清古殿扉。
灯明方丈室，珠系比丘衣。
白日传心净，青莲喻法微。
天花落不尽，处处鸟衔飞。

綦毋潜出生于虔州（今江西赣州），曾在长安担任右拾遗，负责规谏皇帝，后又担任著作郎，负责撰拟文字。他精工细雕的诗句虽闻名，但其他人赠予他的诗词却更广为流传。后世的史学家认为龙兴寺位于江陵西北约三百公里处，靠近房陵（今湖北房县）。也有人认为它在江陵西南四百公里处，临近湖南零陵。寺院的大门前种植着松树，守护着寺内的宁静。方丈在屋里点着慧灯弘法，僧人念佛时常常数着念珠，但有时用单个珠系紧比丘的袈裟。“莲”比喻佛法出淤泥而不染。《维摩诘经·观众生品》记载，天女向菩萨、弟子们散花，花瓣会沾在修为不足的弟子身上。

Spending the Night at Lunghsing Temple
by Ch'i-wu Ch'ien

I failed to leave the temple by dark,
Pine trees cool the shrine-hall gate.
A lamp illumines the abbot's chamber,
Beads hold monastic robes together.
The white sun teaches the purity of mind,
A blue lotus shows the subtlety of truth.
Heavenly petals fall without cease,
Everywhere birds carry them off.

破山寺后禅院 常建

清晨入古寺，初日照高林。
曲径通幽处，禅房花木深。
山光悦鸟性，潭影空人心。
万籁此俱寂，惟闻钟磬音。

常建（生卒不详），727年进士及第后，并未谋得一官半职，而是被派任江南。他对仕途兴味索然，寄情于山水游历。诗中，他拜访了长江边常熟郊外虞山上的破山寺（后来更名为兴福寺），这座寺庙是唐宋时期非常著名的一所禅修寺院。寺院至今钟磬禅音，小路依然曲径通幽，穿过果树和针叶林。“万籁”指附近俗世的各种声响。

The Meditation Hall behind Poshan Temple
by Ch'ang Chien

I entered an ancient temple at dawn,
The rising sun lit the tall trees.
A trail lead off to a secluded place,
To a meditation hall in a flowering wood.
Mountain light pleased a bird's heart,
Pond reflections stilled a man's mind.
The ten thousand noises were hushed,
All I heard was the sound of a bell.

题松汀驿 张祜

山色远含空，苍茫泽国东。
海明先见日，江白迥闻风。
鸟道高原去，人烟小径通。
那知旧遗逸，不在五湖中。

张祜（约 785– 约 852 年），出生于今河北，在太湖畔的苏州长大，后来被令狐楚举荐而献诗于长安，却被当时很有权势的翰林院士元稹排挤，被迫离开长安。他认为这是他不适合做官的征兆，就在丹阳附近建了一间小屋，在那里度过了余生。“松汀驿”位于长江和太湖附近。据说太湖由五个水体组成，所以也称五湖。这个地方可以避开官府的注意，因此有许多江湖高士和武林大侠居住于此。诗中，张祜所指的“旧遗逸”，是和他一样官场不得志的人。

Written at the Sungting Relay Station by Chang Hu

Hills shapes merge with the far-off sky,
East of the mist-covered marshlands.
The ocean glows with the day's first light,
The river turns white in the distant wind.
Steep trails lead to a high plateau,
Small paths link columns of smoke.
Why are all my retired friends,
Not here among the Five Lakes.

圣果寺 释处默

路自中峰上，盘回出薜萝。
到江吴地尽，隔岸越山多。
古木丛青霭，遥天浸白波。
下方城郭近，钟磬杂笙歌。

释处默（生活在850—900年前后），年轻时就出家为僧。处默与家乡的僧友贯休一起修行，几年后处默游历杭州等地。后来他前往长安，贯休则前往成都。离开杭州前，处默写下了这首诗，描绘了杭州南门外凤凰山上圣果寺的景色。往东南远眺，钱塘江流经古代吴国和越国的分界，汇入杭州湾。西湖在圣果寺的西北，早在唐末，西湖就是当地人所皆知的歌舞宴饮之所了。

Shengkuo Temple by Shi Ch'u-mo

Leading up from lesser peaks,
The trail winds above vine-covered slopes.
The land of Wu ends at the shore,
Across the river are the mountains of Yueh.
Ancient trees merge with blue mist,
The distant sky joins the white waves.
The city wall is so close below,
Singers and flutes muffle the bell.

野望 王绩

东皋薄暮望，徙倚欲何依。
树树皆秋色，山山惟落晖。
牧人驱犊返，猎马带禽归。
相顾无相识，长歌怀采薇。

王绩（约589—644年），出生于今山西，任职期间曾辞官两次，后来他在故乡河津附近的东皋隐居。“东皋”意为东边的田野，曾出现在陶渊明的诗里，而王绩羡慕陶渊明的简朴生活。诗文中的“牧人”让他想起了新王朝的君王，“猎马”则是将领。王绩与他们擦肩而过却感觉“语不投机半句多”，于是长啸高歌采薇人的高洁。这就像是当年的隐士伯夷和叔齐拒绝为周武王（公元前1046年－前1043年在位）效力，隐退到首阳山上，唱道：“登彼西山兮，采其薇矣。以暴易暴兮，不知其非矣。神农、虞、夏忽焉没兮，我安适归矣？于嗟徂兮，命之衰矣。”意思是：上那个西山啊，去采薇；以暴易暴啊，不知悔；圣王不在啊，无处安；哎呀，我们完了，命短暂。

Gazing Across the Countryside by Wang Chi

Watching dusk fade at Tungkao,
I look for something to lean on.
Every tree is the color of fall,
Peak after peak loses its light.
Cowherds lead their calves home,
Hunters ride by with their prey.
We look but don't know each other,
I sing about gathering ferns.

送别崔著作东征 陈子昂

金天方肃杀，白露始专征。
王师非乐战，之子慎佳兵。
海气侵南部，边风扫北平。
莫卖卢龙塞，归邀麟阁名。

陈子昂在武则天在位时担任右拾遗，负责规谏皇帝。崔融担任著作郎，负责撰拟文字。696年，崔融还在平定契丹的军队中担任书记官。白露是九月初的节气。《诗经》中说到，军队的存在并非为了战争，而是为了和平。老子《道德经》说："夫佳兵者，不祥之器。"诗中的颈联是指契丹人占领了包括渤海沿岸在内的河北。"卢龙关"位于北京以东的长城内，"麟阁"是汉宣帝（前74–前49年在位）时期陈列功臣画像的殿堂。

Seeing Off Editor Ts'ui Marching East
by Ch'en Tzu-ang

Golden skies have turned forbidding,
White dew marks the start of your mission.
The empress' armies don't enjoy war,
Her generals shun fine swords.
But ocean storms trouble the South,
And border winds sweep the North.
Don't sell out at Lulung Pass,
Or seek your fame at Unicorn Hall.

陪诸贵公子丈八沟携妓纳凉晚际遇雨二首（其一）杜甫

落日放船好，轻风生浪迟。
竹深留客处，荷净纳凉时。
公子调冰水，佳人雪藕丝。
片云头上黑，应是雨催诗。

丈八沟位于终南山和长安西南角之间，通过永安渠向长安供水。诗中描绘的是一个仲夏荷花盛开的时节，杜甫陪着几位贵公子和歌伎来湖边避暑纳凉。冬天的时候，人们将冰砖储存在地窖里铺满稻草的盒子里，到夏天把冰卖给有钱人。莲藕与红薯大小相近，削去皮后可以切成薄片炒菜，或是像诗里写的，配着冰镇的米酒，生吃凉藕丝[1]。

---

1 雪藕丝一说为女子涂脂抹彩。雪，擦拭。藕丝，色彩名。

Encountering Rain at Changpa Reservoir One Evening While Enjoying a Cool Breeze with Rich Young Men and their Singsong Girls – I by Tu Fu

Sunset is just right for boating,
A light breeze stirs a few waves.
Boaters pause by the dense bamboo,
And enjoy the cool lotus flower air.
The young men add ice to their drinks,
The women scrape lotus roots clean.
A cloud overhead turns dark,
Surely the rain will bring poems.

陪诸贵公子丈八沟携妓纳凉晚际遇雨二首（其二）杜甫

雨来沾席上，风急打船头。
越女红裙湿，燕姬翠黛愁。
缆侵堤柳系，幔卷浪花浮。
归路翻萧飒，陂塘五月秋。

杜甫的朋友们雇了一条船去湖中游玩，他们返回岸边时，突如其来的倾盆大雨把他们淋得浑身湿透，草编的坐垫也湿了。东南古越国和东北古燕国的女子以美貌和美声而闻名，是很受欢迎的歌伎。丈八沟位于长安西南约十公里，但是杜甫的家在水库东边几公里的少陵源，起码不用像那些贵公子朋友一样走那么远的路回家。

Encountering Rain at Changpa Reservoir One Evening While Enjoying a Cool Breeze with Rich Young Men and their Singsong Girls – II by Tu Fu

Rain soaks through the mats,
Wind beats against the prow.
Girls from Yueh wring out their red skirts,
Girls from Yen lament their mascara.
Even with the boat tied to a willow,
The awning still lifts in the spray.
The road home looks desolate now,
On a fall day in May at the lake .

宿云门寺阁 孙逖

香阁东山下，烟花象外幽。
悬灯千嶂夕，卷幔五湖秋。
画壁余鸿雁，纱窗宿斗牛。
更疑天路近，梦与白云游。

孙逖曾在京城中书省担任重要职位。他在浙江造访了绍兴以南二十公里山脚下的一座道观。据说道教仙人王子乔曾居于此，附近常有五色祥云笼罩，故名为云门寺。孙逖北望会稽山连绵的山峰，第一次感受到北方湖面吹来清凉的秋风。看到古老壁画上的鸿雁，还有窗外“斗、牛”两个星宿（斗宿和牛宿对应吴越之地，这里是失宠的官员常被贬去的地方），诗人梦到自己回到了京城，不过梦中的他显然是一个腾云驾雾的仙人。

Spending the Night at Yunmen Temple Pavilion
by Sun T'i

At Incense Pavilion below East Peak,
The flowers in the mist were from another world.
I held up a lantern on a deep mountain night,
And pulled back the curtain on a lakeland fall.
The swans stayed behind on the walls,
The Dipper and the Ox spent the night in the window.
The road to Heaven seemed so close again,
I dreamed I was traveling among clouds.

秋登宣城谢朓北楼 李白

江城如画里，山晚望晴空。
两水夹明镜，双桥落彩虹。
人烟寒橘柚，秋色老梧桐。
谁念北楼上，临风怀谢公？

诗人谢朓（464—499 年）以山水诗著称，在担任宣城太守期间修建了“谢朓楼”。李白感叹命运掌握在朝廷的手中，于是将自己心中的不平写在一首怀念谢朓的山水诗里。他登高望远的谢朓楼在宣城的北面，建在陵阳山上，楼的北面有两座桥，横跨环绕着城池的“两水”之一的宛溪。第二句诗中的“晚”，在有的版本中用“晓”替代，但这不太像李白，传闻他从不爱早起。梧桐是一种叶面宽大的遮荫树，梧桐叶落，意味着秋天已至。

Climbing Hsieh T'iao's North Tower in Hsuancheng in Autumn by Li Pai

This river town looks like a painting,
Mountains at dusk against a clear sky.
Two rivers frame an unblemished mirror,
Twin bridges form a rainbow.
House smoke and winter oranges,
Fall colors and leafless paulownias.
Who thinks of climbing North Tower,
Of facing the wind and remembering Hsieh T'iao?

望洞庭湖赠张丞相 孟浩然

八月湖水平，涵虚混太清。
气蒸云梦泽，波撼岳阳城。
欲济无舟楫，端居耻圣明。
坐观垂钓者，徒有羡鱼情。

诗人孟浩然虽然过着修身养性的隐居生活，但此时显然心怀出仕的渴念。733年张九龄做丞相后不久，孟浩然便到长安拜访，并把这首诗交给了他。夏天的雨季过后水位降低，洞庭湖的大部分水域变成了沼泽，云梦泽是洞庭湖西岸的两片沼泽地。岳阳楼位于湖水东岸，附近至今仍是水路运输的主要港口。大多数评论家都认为文中提及的波浪指的是湖水，但首联（律诗的前两句）说湖面是平静的，唯一的波浪就是湖面冉冉升腾的水汽，来自洞庭湖破碎的心。传闻屈原在岳阳南的汨罗投江自尽，舜帝的两个妻子也在附近投水身亡，后世尊称她们为“湘君”。孟浩然在最后两句化用了《淮南子·说林训》中的“临河而羡鱼，不如归家织网”。

For Prime Minister Chang Overlooking Tungting Lake by Meng Hao-jan

In August the lake is so flat,
The great hollow joins the celestial void.
Vapors rise from Cloud Dream Marsh,
The waves rock Yuehyang walls.
But there's no boat to take me across,
And retirement is shameful in a golden age.
Sitting watching other people fish,
To covet their catch is vain.

过香积寺 王维

不知香积寺，数里入云峰。
古木无人径，深山何处钟。
泉声咽危石，日色冷青松。
薄暮空潭曲，安禅制毒龙。

王维大部分时间都寄情于山水之间。冬天的大风将黄土从蒙古方向吹来，在秦岭北麓堆积成为黄土高原。香积寺位于长安南十五公里处的黄土高原上，白云笼罩着山下的都城。香积寺建于公元706年，位于滈河与潏河的交汇处，由善导法师（613–681年）的弟子们建造，善导法师是净土宗的创建者之一。“毒龙”指人的邪念妄想。

Passing Hsiangchi Temple by Wang Wei

Unfamiliar with Hsiangchi Temple,
I walked for miles past mountains of clouds.
Ancient trees an empty path,
Somewhere in the hills a bell.
Streamsound murmuring boulders,
The sun through cold green pines.
A silent pool in fading light,
And zen to tame the serpent.

送郑侍御谪闽中 高适

谪去君无恨，闽中我旧过。
大都秋雁少，只是夜猿多。
东路云山合，南天瘴疠和。
自当逢雨露，行矣慎风波。

在这首诗中，高适试图安慰即将被贬谪去福建的朋友郑侍御。侍御的工作就是监督官员对政策和法令的违规行为，而他显然是工作过于认真而得罪了人。诗中的“秋雁”隐喻流放的官员，秋天南飞的大雁在春暖花开时仍可以飞回北方，而贬官却没有北归的自由。高适认为大雁一般不会飞到福建这么远的南方。人们听到猿类怪异的嚎叫声时，会无法避免地感到孤独。“东路”沿江穿过浙江和福建。作者所写的“南天”是五岭以南，文中特指闽中。在岭南的其他地区，这样湿热的瘴疠环境对于北方人来说基本就是死刑。在这首诗的结尾，高适对他的朋友给予鼓励，告诉他还会得遇皇上降恩（雨露），但他要小心行事，不要再生风波。

For Censor Cheng on Being Banished to Fukien
by Kao Shih

Go into exile but bear no grudge,
I was once in Fukien myself.
Geese are rare for the most part in fall,
Though gibbons are common at night.
Cloud-high peaks on the Coast Road are fine,
Miasmas and plagues in the South are mild.
You'll know the rain and dew again,
Go but watch out for the wind and waves.

秦州杂诗 杜甫

凤林戈未息，鱼海路常难。
候火云峰峻，悬军幕井干。
风连西极动，月过北庭寒。
故老思飞将，何时议筑坛。

杜甫曾在759年辞去华州的职务，搬到秦州天水居住。没过多久，为了躲避安禄山叛军的战乱，他带着家人前往成都，这首诗便创作于途中。“凤林”“鱼海”是当时西部的两个用来抵御吐蕃入侵的边防重镇，“北庭”是指位于新疆吉木萨尔附近的军事营地。烽火台晚上燃稻草起明火，白天烧狼粪炬黑烟，也称“狼烟”。李广是古代带领军队抗击匈奴的英雄，被誉为“飞将”。杜甫在尾联里说，安抚被诽谤的李广将军的英灵，也许有助于缓解朝廷的危机。其实杜甫这里暗指当朝名将郭子仪，他平定了安史之乱，但却遭到嫉妒他的朝廷官员造谣中伤。

Miscellaneous Poem at Chinchou by Tu Fu

The fighting goes on in Fenglin,
The road to Yuhai is still blocked.
Signal fires fill the sky with smoke,
Troops in the field find only dry wells.
The wind shakes even the Western stars,
The moon turns cold above the Northern Court.
An old man recalls the Flying General,
When will they build him an altar?

禹庙 杜甫

禹庙空山里，秋风落日斜。
荒庭垂橘柚，古屋画龙蛇。
云气生虚壁，江声走白沙。
早知乘四载，疏凿控三巴。

765 年，资助杜甫的友人去世后，杜甫离开了成都，沿江而下。创作这首诗时，他驻步在忠县的大禹庙前。大禹在公元前 2070 年前后建立了夏朝。他治水有方，通过疏浚而不是筑堤制伏了河流。同时，他在四川一带推广橘柚种植以利民生，因而深受百姓爱戴。但是他的祠庙却颇为荒凉，庙中的橘柚无人采摘，就像杜甫的怀才不遇。据说大禹能顺势而为，“陆行乘车，水行乘船，泥行乘橇，山行乘樺”，但杜甫却没有这样的应变能力。“三巴”包括四川的东半部，最早在此定居的是巴人部落。

Shrine to Yu by Tu Fu

A shrine to Yu on a desolate slope,
In autumn wind and the sun's last rays.
A tree full of oranges in an overgrown courtyard,
A dragon mural in an ancient hall.
Vapor rising from a rocky cliff,
Roar of the river scouring the sand.
Once he mastered the art of riding,
He opened up this Land of Pa.

望秦川 李颀

秦川朝望迥，日出正东峰。
远近山河净，逶迤城阙重。
秋声万户竹，寒色五陵松。
客有归欤叹，凄其霜露浓。

李颀（?–约753年）担任地方县尉级别的小官，却与京城中的许多诗人交好。作此诗时，他终于辞官归隐，返回老家。他立于长安北城墙，东观日出骊山（终南山以北的秦岭支脉），北看渭河（渭河平原又称“八百里秦川”，因秦国曾统治此地），西北望五陵皇冢。他听到了万千宫廷花园中，秋风吹动竹叶，萧萧飒飒的声音。第七句诗中，他提到孔夫子感叹无人能继承他的事业，学生无法传承他的理念。末句来源于《礼记·祭义》：“霜露既降，君子履之，必有凄怆之心，非其寒之谓也。”

Gazing at the Valley of Ch'in by Li Ch'i

Gazing at the Valley of Ch'in at dawn,
The rising sun behind the east peak.
Mountains and rivers near and far so clear,
Undulating wall upon palace wall.
The sound of autumn from a world of bamboo,
The look of winter among Wuling pines.
Let's go home a traveler sighs,
The frost and dew are so thick.

同王征君洞庭有怀 张谓

八月洞庭秋，潇湘水北流。
还家万里梦，为客五更愁。
不用开书帙，偏宜上酒楼。
故人京洛满，何日复同游？

张谓（?—约 778 年），河内（今河南沁阳）人，在朝廷担任过些许小官。747 年他作此诗时正在洞庭湖以南的长沙隐逸。标题中的“征君”是对候任官员的尊称[1]。张谓的朋友王征君因被举荐而“保送”官职，无须参加科举考试，但此时他显然仍在候任。洞庭湖由几条河流汇入而成，其中第二大的是湘江，湘江上游有潇水汇入。张谓看着河流向北注入洞庭湖，再流入长江，而他和朋友王征君正期待着被召进京。

1 征君一说为对受朝廷征召而不肯做官的隐士的尊称。

Commiserating with Gentleman-in-Waiting Wang on Tungting Lake by Chang Wei

Through Tungting Lake in the middle of fall,
The waters of the Hsiao and Hsiang flow north.
But home is a thousand-mile dream away,
And a guest greets dawn with sorrow.
There's no need to open a book,
Far better to visit an inn.
Ch'ang-an and Loyang are full of old friends,
But when will we join them again?

渡扬子江 丁仙芝

桂楫中流望，空波两畔明。
林开扬子驿，山出润州城。
海尽边阴静，江寒朔吹生。
更闻枫叶下，淅沥度秋声。

丁仙芝（705—763 年），出生在润州曲阿。他喜好饮酒和游历，曾担任余杭尉，统领杭州军事。诗中，他乘船从扬州南下扬子江，扬子江指的是从大运河到东海之间这段长江。江南岸是群山环绕的润州（镇江），山中遍布寺院，润州的东南是丁仙芝阔别许久的故乡丹阳。思乡如此心切，这让他能听到树叶飘落江面的声音。“桂楫”是桂木船桨，寓意是高尚的品格。屈原在《楚辞 · 九歌 · 湘君》中描述了湘夫人未能依约与湘君相会的故事，他们用的就是这种桂桨。诗人借用这个典故暗示他的君主也一样“变化无常”。

Crossing the Yangtze by Ting Hsien-chih

My oars of cassia I gaze from mid-stream,
The sky and waves and both shores are clear.
The treeline parts at the Yangtze ferry,
Hills rise up from the Junchou walls.
The edge of the sea is dark and quiet,
A chill wind comes from the river's cold.
Again I hear maple leaves falling,
The brittle sounds of autumn.

幽州夜饮 张说

凉风吹夜雨，萧瑟动寒林。
正有高堂宴，能忘迟暮心？
军中宜剑舞，塞上重笳音。
不作边城将，谁知恩遇深？

717 年前后，张说被派往幽州（今北京西南部）管理当地军事。诗中描述了他担任都督保卫大唐领土，抗击契丹游牧民族入侵的经历。张说曾在皇帝身边担任丞相，之后被派往外省任官。这个幽州的新职位对他是晋升还是降职并不好判定。有评论家通过诗的尾联解读为晋升，但这个外勤只会让张说更加思念家人。因此，诗中的“恩”表面上指的是皇恩，但其实也指妻子和孩子的关爱。无独有偶，张说的祖籍是幽州，他衣锦还乡本应皆大欢喜，但在第六句中，张说因思乡而彻夜难眠。花哨的剑舞表演让人难以忘怀，但胡笳的声音可以传播得很远，把漂泊者带回他们思念的家人身边。对张说来说，这笛声仿佛把他带回了洛阳的家。

Drinking at Night in Yuchou by Chang Yueh

A cold wind fills the night with rain,
Whistling through a leafless wood.
Attending a sumptuous banquet,
We can forget old age.
Soldiers are fond of a sword dance,
But favor the flute on the border.
If I never served as a frontier general,
How could I know the extent of grace?

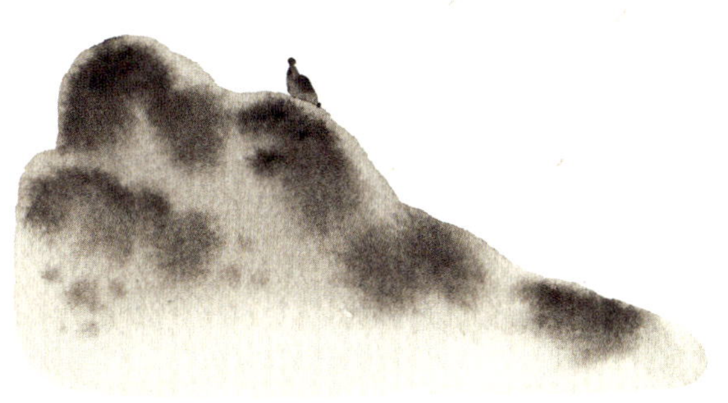

七言绝句　九十四首

Part Three: Ninety-four Poems

春日偶成 程颢

云淡风轻近午天，傍花随柳过前川。
时人不识余心乐，将谓偷闲学少年。

程颢（1032–1085年），出生于湖北汉口以北，之后在洛阳长大。他和弟弟程颐是北宋理学的奠基者，推动了理学的传播。他在洛阳讲学十几年，门庭若市，弟子数以千计。他还在宋都开封担任太子中允和监察御史里行，负责教导太子及监察百官。因为反对王安石新政，他被贬为镇宁军签判，后被召回，未行而卒。诗中第三句中的“不识余心乐”来自《庄子》里的一个故事：庄子与惠子在外散步，过桥时停下来谈论桥下鱼儿嬉戏的乐趣。惠子说：“子非鱼，安知鱼之乐？”庄子回答说：“子非我，安知我不知鱼之乐？”

Casual Poem on a Spring Day by Ch'eng Hao

The clouds are thin the wind is light the sun is nearly overhead,
Past the flowers through the willows down along the stream.
People don't see the joy in my heart,
They think I'm wasting time or acting like a child.

春日 朱熹

胜日寻芳泗水滨，无边光景一时新。
等闲识得东风面，万紫千红总是春。

后人常将朱熹（1130–1200年）与他的祖籍江西联系在一起，但他的出生地是福建南剑州尤溪。他曾担任秘阁修撰和州府刺史等职务，但更重要的是他继承光大了程氏兄弟的工作，推动了宋代理学的兴起。此外，他在文学和历史领域也成就非凡。诗文中，他造访了孔子家乡山东曲阜北面的一条河流——泗水。有一天，孔子问弟子们的理想，在数个弟子讲述了他们的政治抱负之后，曾子说道："冠者五六人，童子六七人，浴乎沂，风乎舞雩，咏而归。"孔子长叹一声说："吾与点（曾子）也！"根据《易经》的概念，春天从东方到来，经历了冬天的枯枝绽放出紫色的蓓蕾和粉红的花朵，孕育着生命的又一个轮回。

Spring Day by Chu Hsi

Along the Ssu River it's a fine day for blossoms,
The landscape is endless and suddenly new.
I recognize the East Wind's familiar face,
A thousand pinks and purples and everywhere spring.

春宵 苏轼

春宵一刻值千金，花有清香月有阴。
歌管楼台声细细，秋千院落夜沉沉。

苏轼（1037–1101 年），号东坡居士，眉州眉山（今四川眉山）人，是宋代伟大的诗人、散文家、书法家和名士。他曾官居高位，但因反对王安石新政而受到牢狱之灾，之后又数次被流放，最后一次的流放地是大宋的南疆海南岛。宋徽宗继位不久，他获赦北还，但几个月后病死在江苏常州，离他多年前在阳羡买的宅地不远。据说秋千是春秋时期由北部的游牧民族传入中原的，在中国西南边境的哈尼族等山地部落，荡秋千至今仍是庆祝丰收的主要活动，人们能把秋千荡到十米多高，令人叹为观止。

Spring Night by Su Shih

A spring night hour is worth a ton of gold,
The pure scent of flowers the moon's pale light.
Music from the terrace finer than silk,
Swinging in the courtyard far into the night.

城东早春 杨巨源

诗家清景在新春，绿柳才黄半未匀。
若待上林花似锦，出门俱是看花人。

杨巨源（约 755–？），河中（今山西永济）人，曾任河中少尹，后任国子司业。古人喜欢寻找春天来临的迹象，尤其是梅树和杏树初春绽开的花朵。“上林”是秦朝时在阿房宫后种植的大片梨树和栗树的皇家园林。汉朝时期，这片皇林又被扩展到西郊以外。灞河在长安东边，以其柳树成荫的河岸而闻名遐迩。诗人认为，真正热爱春天的人会欣赏金色的柳芽之美，而不必等待之后的华丽绽放。《千家诗》的编者王相认为这句诗也指慧眼识才的能力。

Early Spring East of Town by Yang Chu-yuan

The best time for a poet is when spring is new,
When willows turn gold but not completely.
If you wait until the Royal Woods look like brocade,
The whole town will be out gawking at flowers.

春夜 王安石

金炉香烬漏声残，剪剪轻风阵阵寒。
春色恼人眠不得，月移花影上栏杆。

王安石（1021—1086 年），出生于江西抚州，是中国历史上最著名的宰相之一，然而他推行的变法致使朝廷产生了严重分歧，也导致了他最终辞官到江宁以东的山上隐居。这首诗写于他官拜宰相的前一年（1069 年），此时，他彻夜未眠，企盼着春节。春天的到来标志着农耕季节的开始，而他改革的初心就是要帮助农民。然而他看到的只有窗外栏杆上花的影子。燃香和滴水漏刻都是夜晚记时的工具，而时间将验证他改革的成败。这首诗的后三句分别化自韩偓（约 842—923 年）、罗隐（833—910 年）和姚合（777—843 年）的诗。

Spring Night by Wang An-shih

The burner is out of incense the dripping has almost stopped,
The wind comes in gusts the cold in waves.
Springtime disturbs me and keeps me from sleep,
The moon casts shadow flowers on the balustrade.

初春小雨 韩愈

天街小雨润如酥，草色遥看近却无。
最是一年春好处，绝胜烟柳满皇都。

韩愈（768–824 年），河南河阳（今河南孟州）人。他曾经在朝廷身居高位，但也经历过数次流放，其中最著名的一次事件是因为他提醒唐宪宗皇帝，对佛骨的崇拜会缩短他的寿命。韩愈是唐朝有名的文学家，也是儒家思想的积极推动者。这首诗是在他去世前不久的 823 年，为刚就任水部员外的朋友张籍写下的两首诗之一，又题为《早春呈水部张十八员外》。“天街”和“皇都”指的是天子居住的长安。诗文中描绘了早春时节的绿意从远处眺望绿油油一片，但近观反而看不到，新发的柳芽则像雾霭烟云一般。

Light Rain in Early Spring by Han Yu

The streets of Heaven glisten from light rain,
Grass appears far off but not nearby.
This is truly the best time of spring,
When the sight of misty willows fills the royal city.

元日 王安石

爆竹声中一岁除，春风送暖入屠苏。
千门万户曈曈日，总把新桃换旧符。

王安石在1070年被任命为宰相，开始实施他颇有争议的变法改革，此后不久他就写下了这首诗。他描绘了春节的喜庆，同时也意喻着新政的实施。在古代，中国人过年时烧竹节爆响以驱除山鬼。到宋代，爆竹被纸卷火药的炮仗所取代。为迎接新年，古人在冬天会将大黄、桔梗、川椒、白术、桂心、乌头、吴茱萸、防风等草药浸泡在酒中，制成屠苏酒。唐代医学家孙思邈说，新年喝屠苏酒可以预防瘟疫。桃木被认为有辟邪的作用，用来刻成木版，印刷门神的年画，贴在家家户户大门上镇宅。这些版画起源于开封南部的朱仙镇，早在南宋时期，这里已经是世界上最大的印刷中心之一。

New Year's Day by Wang An-shih

Firecracker sounds chase the Year away,
Spring wind infuses herbal wine with warmth.
Outside countless doorways in the rising sun,
New peach prints are pasted over last year's charms.

上元侍宴 苏轼

淡月疏星绕建章，仙风吹下御炉香。
侍臣鹄立通明殿，一朵红云捧玉皇。

这首诗是苏轼于上元节（元宵节）参加新年第一个圆月的庆祝宴会时，应皇帝要求写下的三首诗之一。诗中，月亮在黎明时分落入西方，然后在日落后从东方再次升起。月沉星落也象征着王安石和他在朝廷支持者的命运，他们的变法遭到苏轼的反对，而他们的光泽在帝王的光辉下黯然失色。建章宫建于汉代，但这里指的是位于都城开封的宋朝宫阙，官员们常在此聚会。通明殿是玉皇大帝的天宫，也是道家圣地。但这里的宫殿在开封，而不是天庭，玉皇指的是宋朝的皇帝。为了庆祝元宵节，官员们穿着象征火焰的红色长袍，全都一动不动地站在院子里，就像黎明时分的地平线。

Attending a Banquet on the Great Beginning
by Su Shih

Pale moon and scattered stars encircle Chienchang Court,
Celestial winds waft incense from the royal censer.
Inside Tungming Palace officials stand like storks,
An offering of red clouds for the Sage on High.

立春偶成 张栻

律回岁晚冰霜少，春到人间草木知。
便觉眼前生意满，东风吹水绿参差。

张栻（1133–1180年），汉州绵竹（今属四川）人，后迁往湖南衡阳。他是著名的枢密使、宰相张浚的儿子，曾在南宋都城杭州任职，后升任至右文殿修撰，负责编写朝史。此外，他写了很多宣扬儒家文化的文章，与吕祖谦、朱熹并称“东南三贤”。自黄帝时期，古人根据明暗将一年分为阴阳两仪。立春是春节后不久的一个节气。上古的伏羲创立了古代三画八卦体系，公元前1100年前后由周文王进行了改进。在这个体系里春天的方向是东，秋天的方向是西。在这两个人设计的迥异而又互补的体系中（先后天八卦），东方代表“火”或“雷”，而西方代表“水”或“泽”。

Occasional Poem on the Arrival of Spring
by Chang Shih

The light is back the year is past ice and frost are rare,
Plants and trees all know spring is in the world.
We see the force of life spread before our eyes,
The East Wind blowing water ripples green.

打球图 晁说之

阊阖千门万户开，三郎沉醉打球回。
九龄已老韩休死，无复明朝谏疏来。

晁说之（1059—1129 年），出生于济州巨野（今山东巨野），曾任中书舍人，负责记录皇帝与官员早朝时发布的谕旨，这些经历给了他创作这首歌的灵感。晁说之也是有名的画家。在此诗里，他描绘了唐睿宗（662—716 年）的三儿子唐玄宗（685—762 年）在国家走向毁灭之际，沉迷于打球。唐玄宗统治初期，大臣张九龄和韩休曾数次向玄宗进谏，批评他不重视政务，但两人最终都被迫辞官或告老。从那以后，皇帝在早朝上很少能从臣子那里听到坦率的建议，更谈不上批评了。晁说之的这首诗虽然写的是唐朝皇帝的故事，但他显然是影射当朝的宋徽宗（1082—1135 年），宋徽宗因为对艺术的痴迷和对政事的疏忽而被指责。在他的统治下，中原被金人夺走，他的儿子在杭州建立了南宋王朝，朝廷也从开封迁至杭州。

On a Painting of Playing Football
by Ch'ao Yueh-chih

A thousand doors and windows open in the palace,
The Third Son is drunk and gives the ball a whack.
Chiu-ling is too old and Han Hsiu is dead,
No longer are memorials submitted in the morning.

宫词（其一）林洪

金殿当头紫阁重，仙人掌上玉芙蓉。
太平天子朝元日，五色云车驾六龙。

福建生人林洪是建文二年（1400 年）进士，除此之外，人们对他知之甚少。传闻中，他是杭州隐士林逋（967–1029 年）的第七代后裔，但林逋是否有后裔是有争议的。诗人写有《宫词》百首，描写了杭州宫廷生活，这里收集了其中两首。在新年这天，古人会祭拜先祖。皇帝既然是天子，也可以用近乎神话的方式祭奠祖先，似乎他与先人们能够达成灵魂上的沟通。在杭州的宫殿里立有两根铜柱，上面雕刻着两位仙人把玉芙蓉供奉给神明的情景。芙蓉还可以被用来收集未被尘世污染的露水，用以制作长生不老药。许多评论家指出，编纂者降低了甄选标准来收录朋友的诗，包括林洪的这两首，所以有些版本干脆把这些诗删除了。也有一些版本将这首诗拟归为王建（约 767– 约 830 年），因为他也写过《宫词》。古人把高过七尺的马称为“龙马”。

Palace Ode – I by Lin Hung

Above the gilded hall's purple-tiered pavilion,
Immortals offer up lotuses of jade.
The Emperor of Peace greets the New Year dawn,
His chariot of colored clouds drawn by dragon steeds.

宫词（其二）林洪

殿上衮衣明日月，砚中旗影动龙蛇。
纵横礼乐三千字，独对丹墀日未斜。

诗人描述了古代的科举考试，所有应试者都按照礼仪和韵律的规定完成一篇文章，而皇帝身穿绣着日月同辉的华丽礼服在一旁观看。古人用烟灰和松脂制成的墨锭加入少量的水在扁平的砚台上研磨，当达到合适的稠度时，把墨水导入砚台一端的凹处。诗中描绘了宫廷摇动的旌旗倒映在砚台墨水中。最后，考生们站在宫殿前赤色的台阶上，呈上他们的文章。也有一些版本将这首诗拟归为北宋文学家夏竦所著。

Palace Ode – II Lin Hung

At court the royal robes reflect the sun and moon,
Banner shadows move like dragons on the inkstones.
The length and breadth of rites and music in three thousand words,
Line the cinnabar steps before the sun goes down.

咏华清宫 杜常

行尽江南数十程，晓风残月入华清。
朝元阁上西风急，都入长杨作雨声。

杜常（生卒年不详），于1065年考中进士，昭宪皇后（902-961年）的族孙，在开封及周边担任过几个中层职务。写这首诗时，他参观了长安以东的华清宫遗址，并将他这次劳累的旅行比为杨贵妃千里跑马送荔枝的旅程。玄宗与贵妃两人常在骊山行宫享乐，而此时的唐朝正在衰亡。骊山山顶的朝元阁俯瞰骊山宫，见证了他们纸醉金迷的生活。西风萧瑟通常意味着秋季将至，但在函谷关以西，则是下雨的征兆。有人认为“长杨”指的是汉代长安西部的长杨宫，但华清宫也有白杨树，诗人不太可能将这两个相距八十公里的地点混淆。本诗显然是杜常向西前往天水担任判官时所作，他担心宋都的皇亲国戚可能没有吸取玄宗的教训。

In Praise of Huaching Palace by Tu Ch'ang

A journey of countless stages from the Southland ends,
With the pale moon and dawn clouds of Huaching.
And the West Wind rushing past Sunrise Pavilion,
Entering the tall willows it sounds like rain.

清平调 李白

云想衣裳花想容，春风拂槛露华浓。
若非群玉山头见，会向瑶台月下逢。

李白，出生于如今吉尔吉斯斯坦的托克马克附近，五岁时移居四川。742年，一直没有做官的他以诗人的美誉获得推荐，被任命为翰林院的文官。一年后的某天，他与朋友们喝酒时突然被传召到宫中。当时唐玄宗正带着杨贵妃观赏牡丹花，请他用清平乐曲调作诗。李白一气呵成，写了三首艳丽的诗，这是其中之一。然而，他当时酩酊大醉，太监高力士不得不帮他脱鞋、研墨，这自然招惹了高力士的嫉恨，于是他将李白写的另外两首诗中的典故解释为导致国家毁灭的女人，因而激怒了杨贵妃。之后李白很快就被赶出长安，再也没回到京城。“玉山”位于仙境，“瑶台”位于西王母的宫殿中，西王母是会制长生不老药的女仙。

Chingping Ode by Li Pai

Her cloud-like clothing and flower-like face,
Spring wind at the threshold caresses her dewy luster.
If this isn't a scene from the land of jade peaks,
It must be Alabaster Terrace in the moonlight.

题邸间壁 郑会

荼蘼香梦怯春寒，翠掩重门燕子闲。
敲断玉钗红烛冷，计程应说到常山。

郑会是宋朝的一位小诗人，所留的史料甚少，1211 年考上进士。他在从杭州到江西的途中，在常山一家客栈歇息时，以妻子的口吻作下本诗。常山是南宋都城西南驿道上的一个主要站点。郑会的家在江西贵溪，离这里还有一百五十公里。他以妻子的梦境，幻想着暮春时节荼蘼花盛开的情景。燕子代表夫妻幸福，但它们也畏惧春寒，等待回暖。红烛用于婚礼、新年和其他喜庆场合，女人常常用发簪挑拨烛芯，但在这里，簪子被过度思念丈夫的妻子“敲断”，更多几分离恨情仇。在一些版本中，这首诗的作者被认为是南平的著名诗人郑谷（约 890–930 年）。南平在唐朝和宋朝之间的五代时期（924–963 年）是个独立的小国，掌控了长江三峡以东的地区。

Written On the Wall of an Inn by Cheng Hui

A rose-scented dream dispels the chill of spring,
The swallows are resting behind doors cloaked in green.
My jade hairpins lie broken the red candles are cold,
According to my count he should be in Changshan.

绝句 杜甫

两个黄鹂鸣翠柳，一行白鹭上青天。
窗含西岭千秋雪，门泊东吴万里船。

杜甫在764年初夏写下了这首诗，当时他和家人住在岷江边的一间茅草屋里，岷江就在四川成都的西城墙外。黄鹂是春天的象征，白鹭是夏天的使者。成都以西的岷山最高海拔五千多米，山脉连接西藏高原。岷江出自高山，流经成都，汇入长江后把川西连入中国其他地区。杜甫一直在远离华北混乱的地方偏安一隅，但他已经有了离开的念头。在他家东南几公里处是万里桥，那是诸葛亮（181–234年）以“万里之行，始于此桥”送别使节出使东吴的地方。次年，援助杜甫的朋友去世，诗人举家启程沿岷江、长江寻找新的栖身之所。这是诗人四首绝句中的第三首。

Quatrain by Tu Fu

A pair of golden orioles sings in green willows,
A column of snowy egrets flies off in blue sky.
My window contains peaks with a thousand years of ice,
My gate harbors boats from ten thousand miles downriver.

海棠 苏轼

东风袅袅泛崇光，香雾空蒙月转廊。
只恐夜深花睡去，故烧高烛照红妆。

苏轼与父亲、弟弟并列“唐宋八大家”，他的书法与诗歌同样知名。苏轼曾在朝廷担任要职，但因为反对王安石新政，被多次贬谪甚至囚禁。诗中，“东风”代表春天的到来，“香雾”是海棠的花香，让苏轼想起了唐玄宗曾称杨贵妃为“秋海棠”。有一次杨贵妃喝醉了，睡了两天两夜。苏东坡在诗里以花拟人，比喻烛光闪烁中贵妃醉酒时的情景，描绘了她入寝前的芳容。这首诗是苏轼被贬至武汉下游的黄州时，在一个以秋海棠闻名的花园中写下的。

Begonia by Su Shih

The East Wind gently spreads her celestial glow,
The moon slips behind her veil of perfumed mist.
Afraid this flower won't stay up much longer,
I light a tall candle to see her crimson face.

清明 杜牧

清明时节雨纷纷，路上行人欲断魂。
借问酒家何处有？牧童遥指杏花村。

杜牧（803—853年），出生于长安一个显赫的家族，但他小时候已家道中落，失去了财富和权力。因此，他的成长环境促使他入学较晚。尽管如此，他在文学艺术上的成就依旧十分出色。他虽然多次为官，却屡遭贬谪，写这首诗的时候，他正在金陵南部担任池州刺史。四月初，当人们跋山涉水回乡祭祖时，他兴叹自己距离家乡是那么遥远。自古以来，清明节就是中国人祭祖扫墓、清除杂草的日子。每年的这个时候，北方的天气通常都很好，而长江沿岸则阴雨绵绵。不过，诗中的旅客很幸运，因为杏花村就在不远处的贵池西边，以酒闻名。当年酿酒用的水井至今还在那里。

Grave Sweeping Day by Tu Mu

On Grave Sweeping Day the rain pours down,
A traveler on the road feels his heart sink.
Where he asks can he buy some wine?
A herdboy points off to Apricot Blossom Village.

清明 王禹偁

无花无酒过清明，兴味萧然似野僧。
昨日邻家乞新火，晓窗分与读书灯。

王禹偁（954–1001年），济州巨野（今属山东）人。他家境贫寒，被地方官员推荐到朝廷，仕途起伏。在担任判大理寺期间，他的直谏批评朝政，导致贬官。根据传统，人们在清明到祖坟扫墓、祭酒献花，清明的前两天是不准吃热食的。两天寒食后，人们钻柳木生起新火。然而穷诗人向邻居借火不是为了起火做饭，而是要挑灯夜读，准备科举考试。在许多方面，穷秀才的生活与乞讨的穷僧并无二致。王禹偁尽管贫困，仍以勤奋和吃苦的精神来传承祖先的声名。

Chingming by Wang Yu-ch'eng

Celebrating Chingming without flowers or wine,
Bereft of excitement like a monk in the wilds.
Last night I begged a neighbor for new fire,
For my lamp by the window to read before dawn.

社日 王驾

鹅湖山下稻粱肥，豚栅鸡栖对掩扉。
桑柘影斜春社散，家家扶得醉人归。

王驾（约 851 年生，卒年不详），出生于河中（今山西永济），曾任长安礼部员外郎。作此诗时，他已辞官归隐。鹅湖山位于江西铅山城镇西南部几公里处，在其后的数百年里，这里是一所著名书院的所在地。古时候，人们在立春和立秋后的二十五天，举办由二十五户人家参加的春社与秋社以祭祀土地神。在第一行，有的版本写的是“稻田肥”，指田地肥沃准备播种，这似乎比“稻粱肥”更合理，因为年后一个月粮食无法“肥”，而且“肥”通常用于描述土地而非稻粱。猪圈和鸡舍寓意六畜兴旺，生活富足。“桑柘”指的是种来养蚕的桑树，冬天修剪后，早春长出的新叶足以投下树影。丝绸是古代税赋的一种形式，因此养蚕关乎每个家庭的生计。有一些版本中，将这首诗归于另一位诗人张演名下（生活在 880 年前后）。

Festival Day by Wang Chia

The fields below Gooselake Mountain are ready,
Pig sties and chicken coops all shut tight.
Mulberry shadows mean springfest is over,
Families all help their drunken men home.

寒食 韩翃

春城无处不飞花，寒食东风御柳斜。
日暮汉宫传蜡烛，轻烟散入五侯家。

韩翃（约 719–788 年），南阳人。他在京城担任中品官职，更以诗文而闻名，被列入“大历十才子”。一天，丞相通知德宗皇帝，中书一职需要换人。皇上说：“让韩翃来担任此职。”大臣答道：“可是有两个人叫韩翃。陛下指哪个？”德宗说：“写‘春城无处不飞花’的那个”。如今这首诗被解读为对特权阶级的批判，而当时皇帝却将其解读为对皇室慷慨的赞美。如字面所指，寒食指的是清明节前两天需禁火吃冷食的习俗。据说这个习俗始于 2600 多年前，晋文公为了纪念介子推的去世而设立。介子推拒不应召下山为朝廷服务，晋文公大发雷霆，下令烧山，然而介子推执意不下山，最终葬身火海。在这里，诗人提到从汉朝皇帝开始，皇室利用特权向有钱有势的人特供蜡烛，因此他们可以不守禁火的规定。

Cold Food by Han Hung

The city in spring is full of flying petals,
The East Wind blows on Cold Food Day and royal willows lean.
Candles are sent from palace halls at sunset,
Smoke curls faintly inside the great estates.

江南春 杜牧

千里莺啼绿映红，水村山郭酒旗风。
南朝四百八十寺，多少楼台烟雨中。

杜牧在这首诗里描写了他在江南地区旅行时见到的景象。江南气候温和，降雨量高于中原。南北朝时期，这里商业繁荣，佛教兴盛。长江自古至今都是中国最繁忙的水上公路，在江边的城镇和山坡上的村庄中，酒馆和客栈用悬挂在竹竿上的三角旗当作幌子。据说梁武帝（464—549 年）在该地区建造了近五百座寺院，佛教建筑就像竹子和莲花一样，融入当地景观。在描写此情此景之时，杜牧还指出了王朝没落的原因：皇上玩物丧志，以及为了追求往生果报而将国库挥霍殆尽。

Chiangnan Spring by Tu Mu

A thousand miles of oriole songs and red among the green,
Of wine flags flapping along the shore and in the hills.
Four-hundred and eighty temples built by the Southern Court,
And how many pagodas in the land of mist and rain.

上高侍郎 高蟾

天上碧桃和露种，日边红杏倚云栽。
芙蓉生在秋江上，不向东风怨未开。

高蟾（约 850–890 年），在黄河北道入海口附近的沧州长大，年轻时迁居长安。他的诗写得很好，但科考却屡败屡战，一直到 876 年才榜上题名，最终晋升到御史中丞的官位。诗中，他将那些受帝王宠信的人比作开花的树，并将自己比作晚季的莲花，开在夏末秋初，而不是东风送暖的春天。写此诗时高蟾科举考试刚刚落榜，此时又得知友人被任命为淮南军事专员，淮安以莲花闻名，“不向东风怨未开”更多是诗人感叹自己的生不逢时，而非友人的。第二句后来被引用在清朝小说《红楼梦》里的花名签中。

For Gentleman-in-Attendance Kao by Kao Ch'an

The green peach of heaven thrives in the dew,
The red apricot of the sun grows beside the clouds.
The lotus that rises from a river in fall,
Doesn't blame the East Wind for not blooming sooner.

绝句 僧志南

古木阴中系短篷，杖藜扶我过桥东。
沾衣欲湿杏花雨，吹面不寒杨柳风。

志南（生卒年不详）是一位住在天台山脚下国清寺的诗僧，周围有很多文人朋友，他在1189年刊印了“无我慧身本”《寒山诗集》。这首诗让人联想到渔夫系船在岸边，徒步沿着桃花漂浮的溪水，穿过岩石的夹缝上行，到达陶渊明笔下的那个永恒的世外桃源。在这里，杏花取代了桃花。渔夫也被一位老和尚所取代，他需要拄着藜杖行走，但他的兴致丝毫不受天气的影响。东方是太阳升起的方向，也是春天的象征，著名的国清寺正门也是面向东方，穿过大门和古老的银杏树，便是丰干桥，桥的东边是一条路（在志南生活的年代可能只是一条小径），可从附近的台州城（天台）通往山顶。

Quatrain by Master Chih-nan

I tied up my sampan in the shade of an ancient tree,
And headed east across the bridge with the help of my pigweed staff.
My clothes were soaked by the apricot blossom rain,
But my face didn't feel the willow catkin wind.

游园不值 叶绍翁

应怜屐齿印苍苔，十扣柴扉久不开。
春色满园关不住，一枝红杏出墙来。

叶绍翁（1194–1269 年），龙泉（今浙江龙泉）人。除了他曾在朝廷任小官，作为江湖派诗人提倡朴实风格之外，人们对他所知甚少。古人经常在花园里种植苔藓，以此覆盖泥土。日本人在家中和汤泉沐浴时仍会穿着木屐，木屐底部有一前一后两个高高的木齿，上坡时去掉前齿，下坡时摘下后齿，两齿都装上能让双脚不沾泥。“红杏”为杏花。最后一句相当有名，最初是陆游（1125–1210 年）早期诗歌《马上作》的一部分，江湖诗派诗人张良臣（1174 年前后在世）的《偶题》也与之十分相似，但我们没法搞清是谁引用谁。一些版本把本诗归于叶适（1150–1223 年）。第二句诗有另一个版本为“十叩柴门九不开”，但这说明主人终于打开了门，似乎与标题和最后两句不大一致。还有一个版本是“小扣柴扉久不开”，但为什么轻轻敲（小扣）呢？

Visiting a Private Garden Without Success
by Yeh Shao-weng

It must be because he hates clogs on his moss,
I knocked ten times still his gate stayed closed.
But spring can't be kept locked in a garden,
A branch of red blossoms reached past the wall.

客中行 李白

兰陵美酒郁金香，玉碗盛来琥珀光。
但使主人能醉客，不知何处是他乡。

740年前后，李白在山东参拜儒家创始人的遗址时写下了这首诗。除了在曲阜和邹县祭奠孔孟之墓外，他还去了鲁东南边境的兰陵（现在的枣庄），拜谒荀子（公元前三世纪）墓，人们认为是荀子确立了儒教在朝廷的地位。此外，兰陵还以出产含有姜黄的酒而闻名。姜黄浓郁芬芳，色泽近于赤黄，在孔子时代常用来浸泡祭酒。古代文人们为了提高声名和相互交流，经常远离家乡四处旅行，因此，许多诗作都有乡愁之叹。

Traveling Away from Home by Li Pai

The fine wine of Lanling with its turmeric scent,
Fills jade cups with its amber light.
If only a host can keep his guests drunk,
They won't know which way to go home.

题屏 刘季孙

呢喃燕子语梁间，底事来惊梦里闲？
说与旁人浑不解，杖藜携酒看芝山。

刘季孙（1033—1092 年），出生于宋都开封，仕途生涯中的大部分时间都在外省做小官。这首诗是他在江西鄱阳湖东岸的鄱阳县担任酒务官时写下的。官员外调时很少会带上家人，而象征着婚姻和谐的燕子让他想到了妻子。由于官府中没人可以理解他的心情，于是他决定给自己放一天假，并把这首诗留给同僚作为纪念。小镇北边的芝山代表着远山的呼唤和遐想，在芝山，他从离别的伤感中找到了慰藉。刘季孙写完这首诗后不久的一天，调到同一地区负责检验官员绩效的王安石到达，检查酒厂时，他在官署的屏风上看到了这首诗。王安石对这首诗如此着迷，忘记检查酒厂就离开了。因此，刘季孙在文坛上名噪一时，但是他太老实并没有因此而获利。后来他任摄州学事，就是州府学院的副院长，又被苏轼推举为山西省隰州知府。他去世时，留下的财产就是数千册书籍和数百幅画作。有的版本说作者是刘禹锡。

Written on a Screen by Liu Chi-sun

Twittering swallows talk in the rafters,
Why do they interrupt my daydream dream?
The clerk beside me shrugs when I ask,
I grab my staff and jug and head for Mushroom Mountain.

漫兴 杜甫

肠断春江欲尽头，杖藜徐步立芳洲。
颠狂柳絮随风舞，轻薄桃花逐水流。

这是杜甫 761 年暮春写的九首诗中的第五首，当时他住在成都西门外岷江支流岸边的草堂里，杜甫一家在这间草堂里度过了一段田园诗般的时光。然而，正如艾略特（T.S. Eliot）所言，四月可能是最残酷的月份。第二句诗是作者回忆起了屈原《楚辞·湘君》的结尾："采芳洲兮杜若，将以遗兮下女。时不可兮再得，聊逍遥兮容与。"意思是"芳草萋萋的沙洲采来杜若，将它送给侍女。过去时光不复返，何不逍遥从容度光阴"。

"桃花"则让人想起陶渊明的故事：一个渔夫沿着漂流桃花的小溪逆流而上，穿过岩石缝隙，来到一个没有被乱世惊扰的世外桃源。杜甫想到无论这是不是虚幻的，对他而言，到达世外桃源的希望又一次随着春天的结束而幻灭了。而他的人生还有几度春秋呢？

Inspired by Tu Fu

The heart-breaking flood of spring is nearly over,
I poke along with my staff and stand on a flowering shore.
Willow catkins dance wildly in the wind,
Peach petals float diaphanous in the current.

庆全庵桃花 谢枋得

寻得桃源好避秦，桃红又是一年春。
花飞莫遣随流水，怕有渔郎来问津。

谢枋得（1226–1289 年），信州弋阳（今江西弋阳）人，曾在杭州担任科举考官。他因出了敏感话题的考卷而得罪了权贵，遭遇打击排斥，随后外调至其他省份，也曾在他家乡附近的城镇任职。宋元交战时，谢枋得在弋阳组织了一支起义军反抗，被元军击败后，谢枋得逃到了福建。后来，他被遣往新朝首都大都（北京），但他拒绝为元朝效力，绝食而死。这首诗中，他来到弋阳南部山区的一个隐居处，陶渊明写的桃花源的故事为这首诗提供了背景，它讲述的是一个渔夫沿着小溪追踪飘落的桃花上行，穿过岩石缝隙，来到了一个田园诗般的山谷，遇到了数百年前为了逃避秦朝残酷统治而隐居于此的人。渔夫回去后告诉了其他人，回来时却再也找不到山谷了，因为桃花源里的人掩盖了小路和石缝。谢枋得在诗中用“秦”来代表元朝，暗示着他希望能够在元朝的统治下找到一个避难所。

The Peach Blossoms of Chingchuan Hermitage
by Hsieh Fang-te

In Peach Blossom Valley they escaped the Ch'in,
Peach blossom red means spring is here again.
Don't let flying petals fall into the stream,
Some fisherman I fear might try to find their source.

玄都观桃花 刘禹锡

紫陌红尘拂面来，无人不道看花回。
玄都观里桃千树，尽是刘郎去后栽。

刘禹锡（772—842 年），出生于洛阳，唐代著名诗人，因为他支持王叔文的改革而被贬至湖南任朗州司马，后调到岭南任连州刺史，十年后他回到长安，于 815 年写下了这首诗。诗中有多处影射，比如“紫陌”象征皇家，“红尘”象征幻觉和感官欲望，“玄都观”是道教庙宇，自他罢免后晋升的官员数以千计，以及他毫无掩饰的自指最终招来了他第二次的罢黜。回京后，他造访了同一座道观，后又写了一首诗。刘禹锡提到的“玄都观”就在长安城外，他要见的人正在赏花归来的路上。桃树是道长在他第一次下放后种下的。“刘郎”表面上指的是采药郎刘晨，但显然是作者自喻。刘晨在天台山采药时迷路，靠食桃为生，再次回家时已是两百年后。

The Peach Blossoms of Hsuantu Temple
by Liu Yu-hsi

Red dust from purple paths swirls before their faces,
Everyone says we've been to see the flowers.
A thousand peach trees at Hsuantu Temple,
And all of them planted since Mister Liu departed.

再游玄都观 刘禹锡

百亩庭中半是苔，桃花净尽菜花开。
种桃道士归何处，前度刘郎今又来。

828 年 4 月，刘禹锡写下了《再游玄都观》并作序："贞元二十一年（公元 805 年），我担任屯田员外郎时，这个道观没有花。那年，我被贬为广东连州知府，不久后又贬为湖南朗州司马。十年后，我被召回京城，人人都说有一位道士栽下了仙桃，道观中布满红霞。所以才有前一首诗用来记录这一不寻常的景象，后来我又被外派作刺史。时隔十四年，我回京担任主客郎中掌管宾礼，重游玄都观，却没见到一棵树，只有杂草在春风中摇曳。因此，我准备再写二十八个字，以备我下次再来。"诗中所写的道观庭院象征皇宫，而种桃道士则暗指当时打击自己的权贵。写完这首诗后不久，刘禹锡第三次遭贬，在苏州、汝州等地做刺史。

Visiting Hsuantu Temple Again by Liu Yu-hsi

The temple's vast courtyard is now home to moss,
Vegetables flower where peach trees once bloomed.
Where is the priest who planted the trees,
Old Mister Liu is back here again.

滁州西涧 韦应物

独怜幽草涧边生，上有黄鹂深树鸣。
春潮带雨晚来急，野渡无人舟自横。

韦应物（约737—约791年），在长安长大，他被公认为神童，十五岁时就被任命为太子随从。在两都担任过许多职位后，于756年流落失职，全身心投入诗词歌赋和走亲访友。763年，他重返官场，本诗作于785年春，当时他在金陵以西六十公里处的滁州。在滁州西涧上马河的乡间闲逛了一天，这究竟是一首简单的叙事诗还是隐藏着政治含义，后人众说纷纭。如果是后者的话，"幽草"指有德的官员，"黄鹂"则指那些声音被听到但被忽视的人才。最后一联让人想起《诗经》中的类似诗句。这也暗示着政治形势在恶化，除了自保，别无他法。但话又说回来，这可能只是一首雨天独享乡间情调的诗。

Chuchou's West Stream by Wei Ying-wu

I love unnoticed plants that grow beside a stream,
Orioles singing overhead somewhere in a tree.
At dusk the current quickens fed by spring rain,
I feel stuck with a deserted ferry.

花影 苏轼

重重叠叠上瑶台，几度呼童扫不开。
刚被太阳收拾去，却教明月送将来。

许多评论家将苏轼的这首诗解读为政治批判，诗中“瑶台”（出现在李白的《清平调》里，是西王母宫殿的一部分）代表朝廷，花代表王安石新政的拥护者。由此推演，花影代表着新政带来的影响，“童”代表着像诗人这样的正直之臣，而太阳象征着支持变法的宋神宗（1067–1085年在位）。皇帝死后，宣仁太后垂帘听政并推翻了改革。不幸的是，被苏轼以“明月”比喻的宋哲宗赵煦（1085–1100在位）亲政后，恢复了新法，苏轼也再次被贬谪。诗里也许充满暗喻，但撇开这些政治包袱，这依然是一篇佳作。也有一些版本将这首诗拟归为谢枋得所著。

Flower Shadows by Su Shih

Layer upon layer on the alabaster terrace,
I tell the boy to sweep them up in vain.
Just as the sun takes them all away,
The full moon brings them back again.

北山 王安石

北山输绿涨横陂，直堑回塘滟滟时。
细数落花因坐久，缓寻芳草得归迟。

王安石在临川（今江西抚州）长大，大部分为官生涯都在宋都开封度过，在宋神宗（1067–1085 年在位）年间晋升宰相。为了缓解农民的经济困境，王安石推行了一系列的变法，造成了朝廷的分裂。但是由于实施不规范，新法反而增加了贫民的负担。无论他的政治功过如何，王安石被公认是中国最伟大的诗人和散文家之一。他在晚年写下了这首诗，那时他已辞官归乡，住在江宁麒麟门外北山的乡间宅院。现在那里被称为紫金山，以中山陵闻名。向南望去，山脚琵琶村旁的月牙形小湖、城东城墙狭长的护城河、城南的秦淮河大堤尽收眼底。“芳草”一词也指有德之士，出自屈原（约前 340– 约前 278 年）的诗。屈原认为正义是芬芳的，自私是恶臭的，他的坚贞导致了自己的流放。

North Mountain by Wang An-shih

North Mountain sends down green flooding the embankment,
The city moat and crescent lake shimmer in the light.
Counting every falling petal I forget the time,
Searching for sweet-smelling plants I return home late.

湖上 徐元杰

花开红树乱莺啼，草长平湖白鹭飞。
风日晴和人意好，夕阳箫鼓几船归。

徐元杰（1196–1246年），出生于江西上饶。在南宋都城杭州任官时，他以直言不讳著称，官至太常寺少卿等要职。他在诗中描绘了暮春明媚的杭州西湖。西湖是唐朝通过疏浚钱塘湖淤泥形成的，形成了湖中的几个小岛和一系列堤坝。南宋迁都至杭州后，这个新湖很快成为谈资，虽然面积只有六平方公里左右，但西湖仍然是中国最著名的湖泊之一。

On the Lake by Hsu Yuan-chieh

Orioles go crazy in trees of red blossoms,
Egrets converge on a lake of tall grass.
Everyone loves a clear mild day,
Boats return at dusk and the sound of flutes and drums.

漫兴 杜甫

糁径杨花铺白毡，点溪荷叶叠青钱。
笋根稚子无人见，沙上凫雏傍母眠。

这首诗是杜甫于761年创作的绝句《漫兴九首》中的第七首，当时他住在州府成都城外。诗中，正值春去夏来之际，他描述了草堂周围朴实而惊艳的景色。

Inspired by Tu Fu

Willow fuzz lines the path with bolts of white felt,
Lily pads dot the stream with stacks of green coins.
The offspring of bamboo haven't yet appeared,
Ducklings on the shore sleep beside their mother.

春晴 王驾

雨前初见花间蕊，雨后全无叶底花。
蜂蝶纷纷过墙去，却疑春色在邻家。

本诗表面上是描写花园，但评论家解读为是在批判人心无常：今天万众瞩目，明天却无人问津。官员们可以肯定的是，即便得到了皇帝的认可，这份信赖也难以维系。对于一心学习儒家经典和传统文学的人来说，为数不多的出路是在私塾教书，做他人的幕僚，或还乡种田。也因此，隐居风行起来。近两百年后，王安石对此诗十分喜爱，将其改写后收录在自己的诗集中。

Spring Clearing by Wang Chia

Before it rained there were buds among the flowers,
When it cleared even those below the leaves were gone.
All the bees and butterflies flew across the wall,
Apparently spring has moved to the neighbor's.

春暮 曹豳

门外无人问落花，绿阴冉冉遍天涯。
林莺啼到无声处，青草池塘独听蛙。

曹豳（bīn）（1170—1249 年），温州瑞安（今属浙江）人，曾在家乡的州府担任提点刑狱，后任左司谏、礼部侍郎等职。从这首诗看，他显然失宠了。诗人在感叹春去夏来的同时，也在抱怨宫廷里那悠扬的黄莺啼鸣，已被聒噪低俗的蛙声所取代——暗讽朝廷摒弃了仗义执言的忠臣，代之以奸佞小人。

Late Spring by Ts'ao Pin

No one comes out to look at fallen flowers,
A canopy of green slowly veils the sky.
The orioles in the trees have finally stopped singing,
I only hear frogs in the grass-filled pond.

落花 朱淑真

连理枝头花正开，妒花风雨便相催。
愿教青帝常为主，莫遣纷纷点翠苔。

朱淑真出生在海宁路仲的一个官宦世家，自小便精于诗画。不过她受到的教育显然远远超过了当时社会对女性的期待。她嫁给了一个小官员，婚后大部分时间都客居他乡。她的丈夫常年出差在外，俩人也没有什么共同语言。她不做针线活，而喜欢写诗，她的诗作揭露了女性地位不平等，遣词哀婉，远近闻名。事实上，在南宋时期，她的诗歌比同时期的女诗人李清照（1084– 约 1151 年）更出名。她死后，她的父母将她写下的大部分作品作为祭品烧掉了。尽管如此，许多诗还是因为极其闻名而流传下来。在她逝世后，《断肠集》得以出版。诗中的“连理枝”象征着恩爱的夫妻，而“青帝”又称东帝，是管辖春天的神。

Falling Flowers by Chu Shu-chen

Whenever intertwined branches bloom,
The jealous wind and rain strip away the flowers.
If only the King of Green could perpetuate his reign,
They wouldn't end up scattered across the moss.

春暮游小园 王淇

一从梅粉褪残妆，涂抹新红上海棠。
开到荼蘼花事了，丝丝天棘出莓墙。

宋朝诗人王淇除了流传下来的几首诗，其他信息寥寥无几。诗中，他为我们描述了时移景迁的小花园，它可能在江南的某个地方，或许就在南宋的首都杭州。在这一时期，梅花开始成为抗金气节的象征，在杭州广为种植（另请参阅宋伯仁的《梅花喜神谱》）。梅花在早春凋谢，代之以红色的海棠和白色的荼蘼花，随后是夏季的绿色植物。“天棘”应该是天门冬，但在诗中指的是柳树。在某些版中用“夭”代替“天”，但这显然是笔误。

Visiting a Private Garden in Late Spring
by Wang Ch'i

Once the plum casts off its faded charms,
Fresh rouge graces the begonia.
Which lasts until raspberry petals are gone,
And willow catkins hang across the mossy wall.

莺梭 刘克庄

掷柳迁乔太有情，交交时作弄机声。
洛阳三月花如锦，多少工夫织得成。

刘克庄（1187—1269年），出生于福建莆田，是宋朝著名的文学评论家，他是多产而且最有代表性的江湖派诗人。他虽然担任过秘书少监、工部尚书等要职，但对朝廷政治感到厌恶，他生命的最后十年都在农村过着简朴的生活。据记载，刘克庄是《千家诗》最早的选编者，但他编选时按话题分组，而不是按季节排序。这首诗是后来的编者为了纪念刘克庄编《千家诗》而添加的，第一句诗的意象来源于《诗经·小雅·伐木》："出自幽谷，迁于乔木。嘤其鸣矣，求其友声。"

The Oriole Shuttle by Liu K'o-chuang

Through the willows to the treetops so full of feeling,
Twittering on the wing they sound like a loom.
Loyang in April is a tapestry of flowers,
But it takes so much effort to weave.

暮春即事 叶采

双双瓦雀行书案，点点杨花入砚池。
闲坐小窗读周易，不知春去几多时。

叶采，建阳人。他是著名的儒家学者，当时担任杭州秘书监长官，他自嘲沉浸在深奥的变易哲学中，却未能关注周围世界正在发生的变化。宋代儒家学者根据《易经》创立了类似于道家宇宙观和佛教心理学的“程朱理学”。《易经》可追溯到周朝初期（公元前1046年前后），将宇宙变动不息的能量分为六十四模式，即六十四卦，每卦由六条线条组成，称为“爻”，并注有文字。燕子忙着筑巢，杨花飘入砚墨的情景突然把叶采带回了世俗世界，他这才意识到春天快要结束了。在宋代，文人使用书案或书柜来放置他们的卷籍和文房四宝。砚台由磨光的石板制成，加水研磨后墨水流到砚台的凹陷处。“小窗”隐喻作者的贫穷，那时穷人常用破碎陶器的圆口作为窗框。“小窗”也意喻科考者的“两耳不闻窗外事，一心只读圣贤书”。

Events of Late Spring by Yeh Ts'ai

House swallows swoop above my desk in pairs,
Willow fuzz floats in my inkwell.
Below my small window reading the Book of Changes,
I wonder how long spring has been over.

登山 李涉

终日昏昏醉梦间，忽闻春尽强登山。
因过竹院逢僧话，又得浮生半日闲。

李涉（生卒年不详），出生于洛阳的一个显赫家族。青年时期，他和弟弟李勃在俯瞰长江的庐山隐居眺望。后来，他被推荐到长安的朝廷，短暂担任太子通事舍人，负责太子的朝见引纳、殿廷通奏等事，他先后两次贬谪外地。写这首诗时，他正在金陵附近长江下游的镇江任职。在《全唐诗》中，这首诗的题目是《题鹤林寺僧舍》。鹤林寺坐落于镇江南门外的黄鹤山上，远离城中权贵的豪宅。两百年后，北宋伟大的书法家米芾对鹤林寺情有独钟，要求死后将自己葬在寺院山门边上。现在寺院已经荡然无存，但米芾墓仍在。

Climbing a Mountain by Li She

All day I feel lost as if drunk or in a dream,
Then I hear spring is over and force myself to climb.
Passing a bamboo courtyard I meet a monk and talk,
And spend another afternoon outside this floating life.

蚕妇吟 谢枋得

子规啼彻四更时，起视蚕稠怕叶稀。
不信楼头杨柳月，玉人歌舞未曾归。

谢枋得在抵达大都（今北京）前，曾在南宋朝廷担任多个职务。杭州一直以丝绸织锦闻名。当时，税赋以不同尺幅的丝绸征收，每家每户都有标准配额，并指定户主来缴纳。杜鹃的叫声听起来像是“不如归去”，在春天，它常常彻夜啼鸣。为了防盗防火，城内的人将夜晚划分为五个时段夜巡敲更。诗中，负责养蚕缫丝织绸的用人被杜鹃的叫声吵醒，深夜起来喂蚕。蚕在屋内温暖的柳编托盘上进食桑叶，直到吐丝成茧。不仅蚕妇生活艰难，富贵人家的“玉人”也不轻松，通宵达旦地用歌舞取悦他人。这首诗本不是刘克庄原编《千家诗》的一部分，可能是后人为了收录宋朝末年这位重要诗人的作品而添加上的。

Lament of the Silkmaid by Hsieh Fang-te

Until the fourth watch the cuckoo cries,
She gets up to see if the silkworms have leaves.
Surprised at the moon between rooftops and willows,
And the dance girl not back from the party.

晚春 韩愈

草树知春不久归，百般红紫斗芳菲。
杨花榆荚无才思，惟解漫天作雪飞。

韩愈（768–824 年），出生于河南河阳（今河南孟州南）的一个书香世家，两岁时父母早逝，他由兄长一手带大，跟随兄长的公务而奔波于各省之间，也在兄长的关怀下受到良好的教育。之后他通过了科举考试，在朝廷中享有盛名，官至监察御史。在文坛，他被誉为唐宋时期最伟大的诗人和散文家之一。韩愈极力维护儒家传统，也与时俱进，将儒学与当代时文文化相结合，写诗力求清晰简洁，所以诗歌中常常用口语化的语言。在这首诗里，他描绘了晚春的场景，许多评论家将其解读为政治评论，将浮夸的谄媚者与正直简朴的官员进行比较。后者秉持纯朴的美德，从来不刻意招引朝廷的关注。

Late Spring by Han Yu

Every plant and tree knows spring will soon be gone,
A hundred pinks and purples compete with their bouquets.
Willow fuzz and elm pods lack such clever means,
They only know how to fill the sky like snow.

伤春 杨万里

准拟今春乐事浓，依然枉却一东风。
年年不带看花眼，不是愁中即病中。

杨万里（1127–1206 年），吉州吉水（今江西吉水）人。他非常热爱文学，据说他喜欢好诗更甚于美女。正因为如此投入，他成为国子监博士，后被任命为秘书监长官。然而，他因常常与朝廷意见相左而导致下放，大部分政治生涯在外省度过。1178 年，他在大运河岸的常州任知州期间，对诗词技巧有了新的认识，打破了精英集团所偏爱的正统文体，开创了清新幽默而又口语化的诗风。他于 1192 年退休还乡，他在世时就被认为是南宋最伟大的诗人之一。《全宋诗》里这首诗题为《晓登万花川谷看海棠》。“东风”随太阳而起，在春季从一年一度的南迁中返回。

Spring Lament by Yang Wan-li

I was hoping joy would overflow this spring,
As usual I've wasted another East Wind.
It's been years since I could look at flowers,
If not because of cares then illness.

送春 王逢原

三月残花落更开，小檐日日燕飞来。
子规夜半犹啼血，不信东风唤不回。

王逢原（1032—1059 年），又名王令，出生于大运河与长江交汇处的扬州。虽然家境贫寒，其卓越的才华还是引起了王安石的注意。王安石觉得他与自己才华相当，并将妻妹嫁给了他。不幸的是，王逢原没能发挥出他的文学潜力，不到三十岁就病逝了。燕子常常象征夏天，而黄鹂和杜鹃则代表早春和晚春。“东风”是指春风，“西风”代表秋风。

Seeing Off Spring by Wang Feng-yuan

In April fading flowers fall and more appear,
Swallows fly below the eaves back and forth all day.
The cuckoo cries at midnight as if its voice would break,
Convinced it can still call the East Wind back.

三月晦日送春 贾岛

三月正当三十日，风光别我苦吟身。
共君今夜不须睡，未到晓钟犹是春。

贾岛（779–843 年），出生于幽州范阳县（今河北省涿州），年轻时迁居洛阳，后居长安。他早年削发为僧，但后来还俗，将一生投入诗歌创作。虽然他在官场上的成就微不足道，但他的诗词语言凄美、构思精巧，有的诗词历时数年推敲才得以完成。他的诗作对后世诗人影响深远。对他影响最大的韩愈曾写道："孟郊死葬北邙山，从此风云得暂闲。天恐文章浑断绝，更生贾岛著人间。"拂晓的钟声唤醒寺院的僧侣，开始一天超脱凡尘的修行。在某些版本中，这首诗题为《三月晦日赠刘评事》。

Seeing Off Spring on the last day of the Third Month
by Chia Tao

When you reach the last day of the Third Month,
Your wind and light forsake a poor poet.
I don't want to sleep with you tonight,
Until the dawn bell you're still spring.

客中初夏 司马光

四月清和雨乍晴，南山当户转分明。
更无柳絮因风起，惟有葵花向日倾。

司马光（1019–1086 年），出生于陕州夏县（今山西夏县），在洛阳长大。他是反对王安石变法的领导人物，在宋都开封的仕途生涯十分引人瞩目。宋神宗即位不久，他自请到地方任职，最初至旧都长安，次年（1071 年），朝廷允许他返回洛阳的家，但条件是不再参政。1085 年宋哲宗登基，他被任命为副相，第二年的晚些时候逝世。诗中，他在洛阳度过一个夏天，他望着门外，季节的变化让他想起在朝廷的生活。山脉象征着帝王和皇朝的长寿，而晚春的柳絮代表着“随风飘荡”的官员。初夏的向日葵代表着他这样的忠臣，而夏天的太阳应该是指刚登基的皇帝神宗，司马光当时对这位新帝表达了“忠君之心”。

Away from Home at the Beginning of Summer
by Ssu-ma Kuang

In May when it's mild and the rain finally stops,
The Southern mountain appears in my door.
Willow fuzz no longer swirls in the wind,
Everywhere sunflowers turn toward the sun.

有约 赵师秀

黄梅时节家家雨，青草池塘处处蛙。
有约不来过夜半，闲敲棋子落灯花。

赵师秀（1170–1219 年），出生于浙江南部的永嘉（今浙江温州），是著名的江湖诗派创始人之一，该派推崇贾岛等诗人以及日常生活主题的诗作，反对江西学派诗的雅致语言和宫廷题材。此时正值梅雨季，除了农民，所有人都待在屋内，朋友们有约也难赴会。围棋起源于中国，已有三千年历史。围棋的玩法是在棋盘的交叉点上摆上黑白两色的小棋子，占领领土多的一方取胜。

Waiting for a Friend by Chao Shih-hsiu

During plum season it rains on every roof,
Around the grassy pond frogs are everywhere.
Waiting after midnight for a friend who doesn't come,
I play a game of chess until the lamp goes out.

初夏睡起 杨万里

梅子流酸溅齿牙，芭蕉分绿与窗纱。
日长睡起无情思，闲看儿童捉柳花。

杨万里在担任常州知州时，对诗有了新的领悟，就像禅宗所说的顿悟，随后他开始以一种简单、即兴的风格创作。他写下了近两万首诗，现存大约四千首。诗中说，他午睡后含着梅子解渴。他透过密密的丝织防蚊纱窗，看着孩子们追逐纷飞的柳絮，这本身就是在提醒他春天要结束了。当然，对于淡泊名利的人来说，“无情思，捉柳花”就是初夏的乐趣。另有版本将此诗题作《闲居初夏午睡起》。

Waking Up in Early Summer by Yang Wan-li

The sour trace of plums squirts between my teeth,
The light green of bananas fills my window screen.
Waking up at noon without a thought or care,
I sit and watch my children chasing willow fuzz.

三衢道中 曾几

梅子黄时日日晴，小溪泛尽却山行。
绿阴不减来时路，添得黄鹂四五声。

曾几（1084–1166 年），祖籍江西省南部的赣州，在洛阳长大。他是宋代抒情诗人陆游（1125–1210 年）的老师，曾担任浙西提刑，后来任礼部侍郎等职。秦桧为宰相时，他被迫辞官，但秦桧死后，他又重新回到了朝堂。此诗描述他将离开上饶，前往浙江东南出任台州知府时候的情景，如前一首诗中所述，梅雨季通常是连绵不断的小雨。不过，这首诗也描写了贬谪到乡村，带来的意外的快乐。趁着天好日晴，曾几乘船沿江而行，直到水穷处，然后徒步登山。回程时，他听到"诗友们"唱的迎宾曲——"黄鹂四五声"。

On the Sanchu Road by Tseng Chi

Plums are yellow and the days are sunny,
Where the river turns shallow I take the mountain trail.
The canopy of leaves doesn't get less shady,
The occasional sound of orioles though is new.

即景 朱淑真

竹摇清影罩幽窗，两两时禽噪夕阳。
谢却海棠飞尽絮，困人天气日初长。

朱淑真生长在海宁路仲的一个官宦世家，据传她的叔叔是伟大的理学哲人朱熹。在这样优越的家庭背景下，她接受了良好的教育，因此年轻时就是个知书达理的才女了。结婚后，她搬离家乡。但是她的婚姻并不幸福，丈夫经常外出。她擅长音律和书法，但其诗文更出名，尤其是那些以被遗弃女人的视角创作的诗歌。富人的住宅包括内外庭院，而女人住后庭，避免被客人或工匠看见。成双成对的鸟儿让她感到十分孤独，感慨自己的美貌像春天一样逐渐消逝。长江中下游地区以其炎热潮湿的夏季而闻名。

Impressions by Chu Shu-chen

Swaying bamboo shadows shroud my secluded window,
Summer birds chatter in pairs in the sunset.
Begonias have faded and willow fuzz has flown,
The enervating days are starting to get longer.

初夏游张园 戴敏

乳鸭池塘水浅深，熟梅天气半晴阴。
东园载酒西园醉，摘尽枇杷一树金。

戴敏出生于浙江黄岩，是江湖诗派著名诗人戴复古之父，有些版本将这首诗归于其子戴复古。我们在此不深究作者是谁，但我们知道父子俩皆非官场之人。诗人花了一天时间，随着太阳从园东到园西，从日升到日落，游遍朋友的花园。初夏的枇杷长得像小杏子，跟梅子同季成熟，枇杷和青梅都跟米酒或白酒很配。庭院园林在宋代成为一种重要艺术形式，尤其是在苏州和杭州这样的城市。一位中国学者曾说这种诗没有社会价值。的确，这样的诗是无价的。

Visiting Chang's Garden at the Beginning of Summer by Tai Min

Ducklings in a pond of deep and shallow water,
Plum season weather partly clear and cloudy.
We take wine to the East Garden and get drunk in the West,
Beneath a loquat tree picked clean of gold.

鄂州南楼书事 黄庭坚

四顾山光接水光，凭栏十里芰荷香。
清风明月无人管，并作南楼一味凉。

黄庭坚（1045—1105 年），洪州分宁（今江西修水）人，与师苏轼同为宋朝杰出的诗人和书法家。他也是江西诗派的创始人，诗歌以多层次的典故及抑扬顿挫的节奏而独成一派。尽管有的评论家认为他的诗作结构过于谨慎，也有人认为其华而不实。在这首诗中，诗人以对简单场景的娴熟描写应和了苏轼的一首诗。1082 年，苏轼被贬至鄂州（武昌）下游的黄州，并作了著名的《赤壁赋》，诗赋中写道："惟江上之清风，与山间之明月，耳得之而为声，目遇之而成色，取之无禁，用之不竭。是造物者之无尽藏也，而吾与子之所共适。"黄庭坚也曾多次经历贬谪。这一次，他被贬至鄂州担任知州，写下了这首诗。他登上鄂州的南楼，眺望湖中的莲花。虽然诗人远离了北方都城的政事纷扰，其政治意味却还是在诗歌结尾浮现出来。自舜帝写下"南风之薰兮，可以解吾民之愠兮"以来，"南风"就一直象征着仁政。在有的版本中，这首诗被误认为是王安石所作。

Written at the South Tower of Ochou
by Huang T'ing-chien

Mountain light meets water light everywhere I look,
From the railing I can smell miles of water lilies.
The soft wind and bright moon aren't controlled by man,
Together from the south they bring something cool.

山亭夏日 高骈

绿树阴浓夏日长，楼台倒影入池塘。
水晶帘动微风起，满架蔷薇一院香。

高骈（821—887 年），幽州（今北京）人。在中国北部、西部和南部边疆担任过高级军职后，于 879 年被任命为长江淮南段的节度使。他击退了黄巢起义军的进攻，成功地保卫了重镇扬州。不过，他也拥兵自保，拒绝进一步打击起义军，导致长安、洛阳两京失守，此后唐朝日暮西山。高骈最终死于部将毕师铎之手。诗中，他以“楼台倒影”预言了王朝的灭亡，并以“水晶帘动”和“微风”暗示了新王朝的开始。蔷薇以其香气而闻名，在这里，“蔷薇”象征的是比当朝权臣更加德才兼备的人。毫无疑问，高骈认为他在扬州的朋友和幕僚是“蔷薇”。

A Mountain Pavilion on a Summer Day by Kao P'ien

The shade from trees is dense and summer days are long,
An upside-down pavilion is mirrored in the pond.
Crystal curtains move in the faintest wind,
A trellis of roses fills the courtyard with perfume.

田家 范成大

昼出耘田夜绩麻，村庄儿女各当家。
童孙未解供耕织，也傍桑阴学种瓜。

范成大（1126–1193 年），出生于苏州，曾担任过多个官职，他最知名的事迹是在出使金国时，面临死亡的威胁，也决不出卖国家利益。他是中兴四大诗人之一，以其客观、写实的风格和对乡村生活的生动描述而著称。后来，他因病辞官，于 1183 年回到苏州郊外的乡下隐居。这是他辞官不久写下的《四时田园杂兴》六十首诗之一，这组诗为后来许多诗人树立了楷模。桑树的叶子用来养蚕，蚕丝制成丝绸用来缴税，而税收被用以支撑皇室奢华的生活。

A Farm Family by Fan Ch'eng-ta

Weeding fields at sunup twisting hemp at night,
Village boys and girls all have their chores.
Even little children too small to plough or weave,
Learn to plant melons in the shade of mulberry trees.

村居即事 范成大

绿遍山原白满川，子规声里雨如烟。
乡村四月闲人少，才了蚕桑又插田。

这首诗在某些版本中，被认为是“永嘉四灵”中的翁卷（1250 年前后）所写。诗中提到的“白满川”是由华中与东南地区每年五六月（农历四月）的梅雨季节降水形成的。每年的这个时候，杜鹃（子规）的叫声听起来像是“不如归去”“快快布谷”。在蚕从冬天的沉睡中醒来破茧而出的时候，农民们进入农忙季节，把一个月前育种培植的禾苗栽种到稻田——布谷插田。

Village Events by Fan Ch'eng-ta

Green covers hills and plains and white fills the rivers,
In the cuckoo's sound there's a misty rain.
Idle folks are rare the Fourth Month in a village,
Once silkworms are fed it's time to transplant rice.

题榴花 朱熹

五月榴花照眼明，枝间时见子初成。
可怜此地无车马，颠倒苍苔落绛英。

朱熹祖籍徽州婺源（今属江西），生于南剑州尤溪（今属福建）。朱熹仕途平顺，但他更广为人知的是完善了理学学说，对后代文人学士影响深远。事实上，自宋朝以后，学习儒学经典都是从朱熹注解的经书开始的。宋朝之前一千多年，石榴从中亚经过丝绸之路传入中国，其后几百年备受推崇。人们将农历五月称为“榴月”，五月的石榴果实初成，而花朵依然嫣红。在古代的许多画作中，石榴因为多籽而寓意多子多福，也让诗人想到，他所倡导的理学思想，就像石榴一样充满前景，只可惜当权者（乘车马者）却并不认同其中的价值。有一些版本中认为这首诗是韩愈所作。

On the Pomegranate Flower by Chu Hsi

Pomegranate flowers brighten eyes in June,
As soon as they appear their fruit begins to form.
But neither carts nor horses visit this poor place,
Where ruby blossoms lie upon the emerald moss.

村晚 雷震

草满池塘水满陂，山衔落日浸寒漪。

牧童归去横牛背，短笛无腔信口吹。

雷震生活在宋朝，但除此诗外，我们对他一无所知——这实在令人不解，因为评论家们惊叹于这首诗寓精巧于浑然天成之中，理应雁过留声。其中的原因也许是诗人是编著者的朋友，所以希望低调一些。在农村，儿童通常负责放牛，北方放黄牛，南方放水牛。相比起来，水牛的背部要宽得多，比黄牛更容易骑。横笛在有历史记载之前就从西北边境的游牧民族传入中原了，最早是用鹰骨制成，后来改用竹子。

Village Dusk by Lei Chen

Grass lines the pond and water lines the bank,
The sun sinks in the mountains and in the icy ripples.
A herdboy returns on the back of his ox,
Aimlessly blowing a flute to no tune.

书湖阴先生壁 王安石

茅檐长扫净无苔，花木成蹊手自栽。
一水护田将绿绕，两山排闼送青来。

王安石是宋朝最有争议的政治人物，也是当时最有名的书法家、作家和诗人之一。他晚年写下了这首诗，那时他已经辞官，隐居在江宁（南京）郊外紫金山脚下的“半山园”。他给笔名为“湖阴先生”的邻居杨德逢写下了这首诗，诗里已经完全看不到任何政治色彩了。洒扫庭除是待客接人（此时指的是诗人）的礼节。本诗是《书湖阴先生壁二首》中的第一首。

Written on Mister Lakeshade's Wall
by Wang An-shih

Below your thatched eaves you've swept away the moss,
You yourself planted the path of flowering trees.
A stream guards your fields encircling it with green,
Two peaks swing open and welcome the blue.

乌衣巷 刘禹锡

朱雀桥边野草花，乌衣巷口夕阳斜。
旧时王谢堂前燕，飞入寻常百姓家。

刘禹锡在朝廷任监察御史，参与打击宦官势力、反对藩镇割据的“二王八司马”事件失败后遭遇贬谪。这首诗便是针对那些宦官权贵所作，诗人以历史故事为主题，表面上写过去的事，以避免打击报复。824年，刘禹锡改任和州（今安徽马鞍山市和县）刺史。本诗是刘禹锡在从和州返回洛阳的路上途经金陵（今南京）时作下的《金陵五题》其一。六朝时期（222–589年），朱雀桥横跨城南门外的秦淮河，而乌衣巷就在城门内。东吴时期（222–280年），这里是军队营房，由于分布朝堂各处的军队身着黑色军服而得名“乌衣巷”。在随后的晋朝（266–420年），这里是王导、谢安两大家族居住的地方，来燕堂是他们接待亲友的贵宾楼。这两大家族在唐代（618–907年）初期都已衰落了。诗中黑色的燕子指代官员。

Black Robe Lane by Liu Yu-hsi

Wildflowers bloom by Red Bird Bridge,
The setting sun fades down Black Robe Lane.
Where swallows once lived among Hsiehs and Wangs,
They frequent the homes of ordinary people.

送元二使安西 王维

渭城朝雨浥轻尘，客舍青青柳色新。
劝君更尽一杯酒，西出阳关无故人。

王维虽然官至尚书右丞，但也多次遭到贬谪。诗中，他给出使安西的朋友送行，安西是大唐最西端的都护府。丝绸之路途经敦煌绿洲，分南北两路绕过塔克拉玛干沙漠。玉门关是北线起点，经哈密、吐鲁番到库车，库车是安西都护府的驻军所在地。阳关位于玉门关以南六十公里处，是通往于阗和喀什的南线起点。渭城位于渭河北岸的长安以西，靠近秦都咸阳。这里曾是人们送别西行朋友的地方——因此常常尘土飞扬。汉语中“柳”与“留”音近，因此，古人常折下柳枝送给远行的朋友作为离别的留念。这首诗后来被谱入乐府，称《渭城曲》，也称《阳关三叠》。“三叠”有几种叠法，一是最后一句连唱三遍；谢琳在《太古遗音》里说每句三叠，或只用第三句三叠；苏轼认为第一句吟唱一遍，之后的三句三叠。

Seeing Off Yuan Er on a Mission to Anhsi
by Wang Wei

Morning rain dampens the dust of Weicheng,
New willow green shades a roadside inn.
Drink another cup of wine my friend,
West of Yang Pass there's no one you know.

黄鹤楼闻笛　李白

一为迁客去长沙，西望长安不见家。
黄鹤楼中吹玉笛，江城五月落梅花。

公元758年，李白因参与永王李璘的叛乱被捕，出狱后，在流放途中，路过武昌（江夏）黄鹤楼时，写下了这首诗。在某些版本中，这首诗的标题是《题北榭碑》。黄鹤楼有四个角楼，可以看到四个方向的景色。从北角楼可望见汉江汇入长江。黄鹤楼建于汉朝灭亡后的223年，为纪念道教仙人费祎而建，传说他从此处乘鹤登仙，有时候也吹着玉笛回到人间。李白在黄鹤楼上听到《梅花落》的笛曲因风散落，仿佛五月落花，感到格外凄凉。梅花不畏严寒，常常在新春盛放。第一句的“迁客”指的是西汉诗人贾谊，因为直言进谏，而被贬为长沙王太傅。李白正在南下去湖南长沙的途中，此刻在汉江畔回望长安。李白显然与贾谊同病相怜。

On Yellow Crane Tower Hearing a Flute by Li Pai

Suddenly an exile on the way to Changsha,
Looking west toward Ch'ang-an I don't see a soul.
From Yellow Crane Tower I hear a jade flute,
Plum blossoms fall in this city in June.

题淮南寺 程颢

南去北来休便休，白蘋吹尽楚江秋。
道人不是悲秋客，一任晚山相对愁。

程颢与弟弟程颐在儒学中融入了佛教和道教思想，是宋代新儒家哲学的奠基人。当时，程颢在大运河与长江交汇处的扬州城外的一座寺庙中驻足，到达时天色已晚无法渡河，他便看着夕阳从山丘上落下，而白蘋的花朵已经败落。白蘋是一种江上的浮萍，每逢初秋会开放白色花朵，点缀江景。这里的白蘋寓意诗人的年迈，也传递了他的超脱。长江两岸曾经是楚国的地域，楚国著名诗人宋玉（前 298– 前 222 年）曾在《九辩》一开头就写道："悲哉！秋之为气也。"

Written at Huainan Temple by Ch'eng Hao

Traveling north traveling south stopping when they can,
Duckweed blooms depart Ch'u waterways by fall.
A man of the Way doesn't mourn autumn,
Let the evening hills share each others' sorrow.

秋月 朱熹

清溪流过碧山头，空水澄鲜一色秋。
隔断红尘三十里，白云红叶两悠悠。

1180 年前后，朱熹在前往福建瑞岩的途中写下了这首诗，当时他在江西担任知南康军。朱熹的理学思想如诗中的月光一样明亮清晰：天地万物都是你中有我，我中有你，而万物都有其各自的本性。中国佛教将俗世的诱惑称为“红尘”。某些版本将这首诗归于程颢。

Autumn Moon by Chu Hsi

A pure stream flows past a jade green peak,
The water and the sky have the clear look of fall.
Dozens of miles from the world of red dust,
White clouds and yellow leaves stretch without end.

七夕 杨朴

未会牵牛意若何，须邀织女弄金梭。
年年乞与人间巧，不道人间巧已多。

杨朴（921–1003 年），出生于郑州东里（今河南新郑），长居黄河边的村落，人们常常看到他骑着牛往来于村落之间。为躲避五代时期（907–960 年）的战乱，他在嵩山隐居数年，直到宋初被朝廷征召，但不受官职而归。“七夕”是农历七月初七，根据古代的民间传说，织女是天帝的孙女，长年用金色的织布机纺布。天帝可怜她常年独处，便将她嫁与河西牛郎。但婚后，她就把织布的事忘得一干二净。天帝震怒，把这对恋人放逐到天河的两岸，只允许他们在每年七月初七的晚上见面。织女和牛郎见面后并没有卿卿我我，而是决定把编织天衣的技艺教给世人。直到近代，民间还有这样的习俗：妇女们在七夕这天晚上向织女献上贡品，以求得对自己手艺的祝福。诗人将牛郎织女的朴实慷慨与世俗的狡诈机巧作对比，反映了他对时代的担忧。

The Seventh Night by Yang P'u

I've never understood the herdboy's thoughts,
Why he asks the weaving maid to work her golden loom.
Every year offering her skill to the world,
Unaware the world has enough skills already.

立秋 刘翰

乳鸦啼散玉屏空，一枕新凉一扇风。
睡起秋声无觅处，满阶梧叶月明中。

刘翰，字武子，湖南长沙人，除此诗之外，人们对他知之甚少。中国农历有十二个月，二十四个节气，立秋是阳历八月八日或七日。大多数评论家认为诗中的“玉屏”是指优雅的玉色丝绸或纸面屏风（见下一首诗）。但此时秋高气爽，为什么要用屏风挡住这期待已久的习习微风呢？也许用“玉屏”比喻澄澈的天空更符合意境。栽种梧桐是为了乘凉，硕大的梧桐叶有一两英尺宽。初秋伊始，梧桐叶开始飘落，顷刻，叶便落尽了。落叶知秋。

Autumn at the Gate by Liu Han

The quacking is gone the jade screen is empty,
My pillow feels cool fanned by the wind.
Autumn sounds wake me but where are their traces,
Paulownia leaves cover the steps in the moonlight.

秋夕 杜牧

银烛秋光冷画屏，轻罗小扇扑流萤。
天阶夜色凉如水，卧看牵牛织女星。

杜牧出生于长安一个没落的官宦世家，幼年时家道贫寒，虽然入学较晚，但文学造诣很高。他担任过许多官职，但不得志，历经宦海沉浮。在诗中，他借描写一个失宠的后妃来表达自己的失意。过气的妃子犹如夏天过后的扇子一样多余，顶多能扑打个萤虫。天阶指皇宫的石阶，此处代指天子与其嫔妃和太监居住的地方。七月初七太阳下山后，银河两端的织女星和牛郎星清晰可见。织女和牛郎一年只有这一天可以在鹊桥相会，但人间的这位妃子与皇上会面的机会还不如他们。与这位弃妃一样，杜牧也没有机会面见圣上，他所希望实施的变革也渺然无望。

Autumn Evening by Tu Mu

Silver candle autumn light chills her painted screen,
She swats at passing fireflies with her small silk fan.
At night the streets of Heaven look as cool as water,
Lying down she gazes at the weaving maid and herdboy stars.

中秋月 苏轼

暮云收尽溢清寒，银汉无声转玉盘。
此生此夜不长好，明月明年何处看。

1077 年，苏轼在京杭运河畔的徐州担任知州时写下了这首诗。他的弟弟苏辙（1039—1112 年）远道而来与他相会。苏家两兄弟关系至亲，他们虽然都做官，但都屡遭贬斥，远离京城，天各一方。正如诗中所描绘，兄弟俩格外珍惜这次久别重逢的中秋团聚。中秋是阖家团聚的季节，重要性仅次于农历新年。穿天而行的玉盘是月亮，银汉又名银河或天河。苏轼依《阳关曲》的谱填写了此诗。

Mid-Autumn Moon by Su Shih

As evening clouds withdraw a clear cool air floods in,
The jade wheel passes silently across the Silver River.
This life this night has rarely been kind,
Where will we see this moon next year.

江楼有感 赵嘏

独上江楼思悄然，月光如水水如天。
同来望月人何处，风景依稀似去年。

赵嘏（约806—853年），楚州山阳（今江苏淮安）人。842年进士及第后，历任多个官职，止于渭南尉。渭南位于长安以东的渭河南岸，是货物沿黄河入京的口岸。那时，河流沿岸建造了许多塔楼，作为监控船只往来的瞭望台。这些江楼也是观赏风景的好去处，尤其是在月色皎洁的夜晚。杜牧对赵嘏的另一首诗《长安秋望》中的“长笛一声人倚楼”赞不绝口，甚至称他为“赵倚楼”。

Reflections at a River Tower by Chao Ku

Alone on a river tower my thoughts are hushed,
The moonlight is like the water the water is like the sky.
Where is the person with whom I shared the moon,
The view isn't quite the same as last year.

题临安邸 林升

山外青山楼外楼，西湖歌舞几时休？
暖风熏得游人醉，直把杭州作汴州。

林升，福建温州平阳（今浙江平阳县）莆田人。他目睹了宋室从汴州（开封）至临安（杭州）的南迁。在这首诗里，诗人描述了新都的醉生梦死的生活，感叹偏安一隅的统治者与贵族对国家漠不关心，即便故都已被金国攻占。1126年，金人攻打北宋都城汴州，宋室一路往南，先到建康（南京），再到杭州，1129年改名为临安，后立为新都。如今，五十多年过去了，有谁还想回汴州呢？诗中最后一句不仅是哀叹，更是警告。杭州西湖三面环山，湖畔亭台林立。立于湖畔的著名餐厅"楼外楼"便得名于此诗，如今仍食客满堂。

Written at an Inn in Linan by Lin Sheng

Hills upon hills pavilions beyond pavilions,
The singing and dancing at West Lake never stops.
Revelers are drunk on warm wind,
And simply think Hangchou is Pienchou.

晓出净慈寺送林子方 杨万里

毕竟西湖六月中，风光不与四时同。
接天莲叶无穷碧，映日荷花别样红。

杨万里曾在都城杭州和外省担任小官职。净慈寺位于西湖南岸，是杭州最大的佛教寺院之一。杨万里的朋友林子方曾在秘书监任职，此刻他即将从净慈寺启程，目的地不明。荷叶的长茎通常高出水面一两米，荷花高度跟荷叶差不多，深浅不一的粉红色在阳光下格外艳丽。

At Chingtzu Temple Seeing Off Lin Tzu-fang at Dawn by Yang Wan-li

Finally West Lake in the month of July,
The scene isn't like any other time of year.
Sky-high lotus leaves are an endless shade of blue,
Their sunlit flowers are a different kind of red.

饮湖上初晴后雨 苏轼

水光潋滟晴方好，山色空蒙雨亦奇。
欲把西湖比西子，淡妆浓抹总相宜。

1073 年，苏轼在担任杭州通判时写下了这首诗，杭州成为南宋的都城是五十多年之后的事了。西子指的是越国美女西施。公元前 494 年，越国被吴国攻破后，越王（前 497—前 465 年在位）将西施赠予吴王，希望她能分散吴王对国家政事的注意力，西施成功地完成了这项任务。由于这首诗，后世有人开始称西湖为“西子湖”。据说，苏轼在杭州任职时，没有一天不游西湖。

Drinking on the Lake As It Clears Then Rains
by Su Shih

The shimmering waves are translucent when it clears,
The mist-veiled hills are transcendent when it rains.
I think of West Lake as the Beauty of the West,
Equally lovely in powder or paint.

入直召对选德殿赐茶而退 周必大

绿槐夹道集昏鸦，敕使传宣坐赐茶。
归到玉堂清不寐，月钩初照紫薇花。

周必大（1126—1204年），吉州庐陵（今江西吉安）人。作为一名官员，他以诚实的原则、知无不言的性格和敢于批判的态度而闻名。写这首诗的背景是他被宋孝宗（1162—1189年在位）单独召见喝茶，这在当时对任何官员都是莫大的荣幸。当时，周必大在翰林院任职，负责起草公文，翰林院也被称作玉堂或玉署。唐玄宗时的大明宫内外的走道两边紫薇花团锦簇，所以中书省也称紫薇省。跟皇帝喝茶归来后，周必大感觉自己的仕途如同新月，越来越光明。这首诗应该是写在1189年拜左丞相之前。槐树以其遮荫和初夏的槐花香而受人喜爱。因此，当寺院和宫殿前需要种植落叶乔木而非常青树时，槐树就是理想的选择。“昏鸦”也指从宫中归来的黑袍官员。

Retiring after Attending a Tea at Hsuante Palace by Chou Pi-ta

Locust trees crowd the path where crows flock at dusk,
A messenger brings a summons to a tea.
Returning to Jade Hall how can I sleep,
With a new crescent moon above the myrtle.

夏日登车盖亭 蔡确

纸屏石枕竹方床，手倦抛书午梦长。
睡起莞然成独笑，数声渔笛在沧浪。

蔡确（1037–1093年），出生于福建泉州。他在宋神宗期间升任尚书右仆射，最初他支持王安石的改革，但当皇帝改变立场时，他也随风转向。除了善于见风使舵外，他还以傲慢、迫害人著称。他后来被外派湖北任安州知州，在安陆郊外一处俯瞰沧浪（汉江）的楼阁中写下了十首诗。汉阳军官将诗中的几个双关语解读为对皇上不敬，于是蔡确被捕并死于贬所。直到近代，中国人在夏天还喜欢用可以“清脑”的瓷枕或石枕。根据蔡确的另一首诗，我们知道他此时在竹方床上读的是陶渊明的诗。诗中的“渔笛在沧浪（汉水）”让蔡确想起了《楚辞》里的《渔父》，这位渔夫批评屈原过分坚持原则：“沧浪之水清兮，可以濯吾缨；沧浪之水浊兮，可以濯吾足。”意思是“水清时我可以洗官帽，水浊时我就洗脚（退休不干了）”。然后划船而去，不再同屈原说话。此时，蔡确期待着归隐处士的生活。

Climbing to Canopy Pavilion on a Summer Day by Ts'ai Ch'ueh

A paper screen a stone pillow a square bamboo bed,
A book falls from my hand during a midday dream.
I wake up pleased and smile to myself,
At the sound of a fisherman's flute on the waves.

直玉堂作 洪咨夔

禁门深锁寂无哗，浓墨淋漓两相麻。
唱彻五更天未晓，一墀月浸紫薇花。

洪咨夔（1176–1236 年），杭州人。担任过吏部侍郎，后来官升翰林（又称玉堂）学士。通常，翰林学士负责起草诏书，供皇帝审阅。诗中“浓墨淋漓”的诏书是左右丞相的任命书。这种情况下，翰林院学士们需要彻夜不眠地书写诏书，好在黎明前加盖皇上的朱印。此时，诗人却有片刻游离，破晓前月光落在庭院外和台阶旁的紫薇花上的景象让他心醉神迷。

Written While Serving at Jade Hall
by Hung Tzu-k'uei

The forbidden gates are locked and silent,
Thick ink soaks ministerial appointments.
The crier announces the last watch before dawn,
Moonlight floods the myrtle-lined steps.

竹楼 李嘉祐

傲吏身闲笑五侯，西江取竹起高楼。
南风不用蒲葵扇，纱帽闲眠对水鸥。

李嘉祐（?–约779年），赵州（今河北赵县）人，是“大历十才子”之一李端的叔父。他曾任秘书省正字，由于某些不明的指控，被贬官到南方。后来被召回京城，没多久又被遣往外省，任袁州刺史。“傲吏”是不为礼法所屈的官吏，出自司马迁《史记》中的《庄子传》，书中记载了庄子拒绝丞相之位，反而在家乡河南山东交界处的蒙地担任小吏。“傲吏”在这里指在朝廷起草奏章的“王舍人”。他在西江搭建了个竹楼，当作炎热潮湿的夏季中“闲眠”的地方。南风象征着仁政，也代表了江南相对宽松的文化环境。古诗云：“南风为解佳人愠。”最后的“对水鸥”说的是《列子》中的一个故事，鸥鸟能洞察人的心思，看穿那些想捕捉或伤害它的人。显然，王舍人并没有伤害“水鸥”的想法。此外，虽然他没有官职而“身闲”，但他仍戴着乌纱帽。乌纱帽是官员的象征，表示他随时准备回朝尽忠。

Written at Secretary Wang's Bamboo Tower
by Li Chia-yu

An idle upright official laughs at the high and mighty,
West of the river he built a bamboo tower.
Who needs a palm leaf when the South Wind blows,
Wearing his silk hat he naps beside gulls.

直中书省 白居易

丝纶阁下文章静，钟鼓楼中刻漏长。
独坐黄昏谁是伴，紫薇花对紫薇郎。

白居易（772—846 年），字乐天，生于下邽（今陕西渭南北），在长安以东的渭南附近长大。他为人正派，在仕途生涯的早期就失宠，下放到江西担任江州司马，管理州府军事。后来他被召回长安，但依旧拒绝在朝廷政治中站队，而是主动要求外派至杭州担任刺史，后又任苏州刺史。821 年，他回到长安后写下了这首诗。宫内用水钟计时，通过钟鼓楼敲钟击鼓向皇城内外报时。中书省的庭院附近种植着紫薇花，紫薇花六月中旬开放到九月末。“丝纶阁”是撰拟朝廷诏书的地方。白居易当时官至中书舍人，即“紫薇郎”。但此时朝廷的实权完全由宦官掌控，导致中书省无政令可起草。白居易同情平民百姓的苦难，却不能落实任何有利民生的改革，只能枯坐，一事无成，如诗里所说“花对郎”“刻漏长”。他最终还是辞官回到洛阳，在龙门石窟对面的香山寺与僧人共度余生。如今他的坟墓还在原地，正对着以武则天为原型雕刻的佛像。

Serving in the Secretariat by Pai Chu-yi

At Gossamer Hall the writing has stopped,
In the bell and drum towers the hours drip slowly.
Sitting here at dusk who are my companions,
Purple myrtle flowers face a purple myrtle man.

观书有感（其一）朱熹

半亩方塘一鉴开，天光云影共徘徊。
问渠那得清如许？为有源头活水来。

朱熹，生于福建武夷山附近，葬在福建唐石里，一生大部分时间都在他乡。他自幼就智力超常，青年时期，朱熹曾担任过一系列省级职务，后来在杭州的中央政府任焕章阁待制。仕宦生涯以外，他更以宋代伟大的理学家和哲学家而享誉古今。他将自己的哲学思想融入了这样一首以“半亩方塘”为题材的诗中。中国人把心称为“方寸”，这里，人的心灵像一面遮起来的镜子，直到需要时才亮出来，映照出一个光明与黑暗、阳光与乌云的世界。同时，心灵又像一座池塘，源源不断的“道”之水使它永葆活力。

Reflections While Reading – I by Chu Hsi

A small square pond an uncovered mirror,
Where sunlight and clouds linger and leave.
How I asked does it stay so clear,
Spring water of course keeps flowing in.

观书有感（其二）朱熹

昨夜江边春水生，艨艟巨舰一毛轻。
向来枉费推移力，此日中流自在行。

写这首诗时，朱熹可能想到了《庄子》首篇所记："覆杯水于坳堂之上，则芥为之舟，置杯焉则胶，水浅而舟大也。"（倒杯水在庭堂的低洼处，那么芥草就可以做浮舟，而用杯子就搁浅，因为水太浅而船太大。）和庄子一样，朱熹更喜欢用隐喻而不是抽象的理念来表达哲学观。他在诗中表达的观点是，对道的理解与花费多少努力无关，而关键是对变化本质的洞察力。"艨艟"是指一种大型战船，用皮革覆盖着以抵挡投掷物，它非常重的船体在战斗中可以撞击敌方船只。但水位升高后，"艨艟"巨舰也会像羽毛一样轻，在水中畅行无阻。一些版本将本诗题作《泛舟》。

Reflections While Reading – II by Chu Hsi

Last night spring waters rose along the river,
Even great warships seemed light as a feather.
Trying to row earlier would have been useless,
Today in midstream they travel with ease.

冷泉亭 林稹

一泓清可沁诗脾，冷暖年来只自知。
流出西湖载歌舞，回头不似在山时。

林稹是长洲（今江苏苏州）人，神宗熙宁九年（1076 年）进士，但除了这首诗外，我们对他所知寥寥。一些编者将这首诗归于福建诗人林洪（宋理宗时人）。诗文最后两句说明它是在宋朝迁都至杭州之后写的，这可能是证明作者是林洪的根据。冷泉亭在杭州飞来峰山脚，灵隐寺山门对面。冷泉是山中的一汪清泉，泉水沿着岩床流淌数公里后汇入西湖西北角。随着 1129 年宋高宗至杭州，1138 年定都临安，西湖边夜夜笙歌，朝廷无心也无力从金人手中夺回中原。诗人与大多数国人一样，认可人性本善的观点（出自《孟子·告子上·第八节》），但忽视了适当的修养，受到社会环境和文化的污染，人性便会蒙尘。禅师在给弟子讲解开悟时，常常把悟道比作饮水："如人饮水，冷暖自知。"诗人在此规劝世人洁身自好。

Cold Spring Pavilion by Lin Chen

A stream of pure water can soothe a poet's soul,
It alone knows how warm or cold the years have been.
Flowing into West Lake it carries entertainers,
Looking back it's changed since the mountains.

赠刘景文 苏轼

荷尽已无擎雨盖，菊残犹有傲霜枝。
一年好景君须记，最是橙黄橘绿时。

1090 年，苏轼外派杭州担任知州时写下了这首诗。早年苏轼在杭州任通判时就与刘景文结为好友。刘景文（刘季孙）是开封人，时任西京路分都监左藏库副使，驻杭州。苏轼将刘景文比作以博学和勇气著称的汉代大儒学家孔融（153–208 年）。两人晚年互赠了许多诗。这首回忆了他们在杭州游橙林的经历。橙子和橘子在荷花菊花凋谢后成熟，其他水果此时已过季，所以橙子和橘子这类水果也意喻着老年的快乐。一些版本将本诗题作《冬景》。

For Liu Ching-wen by Su Shih

Lotuses are gone and their rain-repelling leaves,
Chrysanthemums have faded but not their hardy branches.
The year's best scene though surely you'll recall,
Is when oranges are yellow and tangerines are green.

枫桥夜泊 张继

月落乌啼霜满天，江枫渔火对愁眠。
姑苏城外寒山寺，夜半钟声到客船。

张继（生卒年不详），出生于襄州（今湖北襄阳）。大历年间（766–779 年）他在洪州任检校祠部员外郎、盐铁判官时病逝。写这首诗的时候，他正沿大运河旅行，在苏州城郊停泊过夜。他泊船的那座桥叫封桥，但张继选择了更为吉祥的谐音“枫”来替代。由于这首诗广为传唱——它可能是中国最有名的诗之一，这座桥的名字也改成了诗中的“枫桥”，直至今日依然矗立在寒山寺北边几百米处。很多人认为寒山寺因诗僧寒山而得名。寺院的钟很少敲这么晚，但唐时在苏州一带，佛寺会在午夜敲钟。“江枫”（有个版本写的是“江村”）让人联想起屈原《招魂》的最后几句：“湛湛江水兮，上有枫。目极千里兮，伤春心。魂兮归来，哀江南！”渔民在晚上使用灯火引鱼，然后放鸬鹚来捉鱼。

Anchored Overnight at Maple Bridge by Chang Chi

Crows caw the moon sets frost fills the sky,
River maples fishing fires care-troubled sleep.
From Cold Mountain Temple outside the Suchou wall,
The sound of the midnight bell reaches a traveler's boat.

寒夜 杜耒

寒夜客来茶当酒，竹炉汤沸火初红。

寻常一样窗前月，才有梅花便不同。

杜耒（卒于1227年），出生于江西临川，曾担任楚州知州姚翀的幕宾。姚翀被李全的兄长李福所害，杜耒一同遇害。中国人从五六世纪开始饮茶，最初的习惯是将茶叶和丁香、大葱等多种香料一起熬煮，当作汤药服用。到宋朝，饮茶的方式从煮茶、煎茶演变成“点茶”，先把茶饼碾磨成粉，然后用茶筅搅拌到沸水中，而不是像现代这样撮泡茶。诗里说的这个小巧便携的茶炉是由黏土制成的，外部套着竹编的隔热壳，这样在炉里的炭火依然炙热时，还可以端着挪动。也只有亲密的好友才会在这样的寒夜来做客，跟主人一起赏梅，品味享受这份简单的快乐。

Winter Night by Tu Lei

For a winter night guest tea serves as wine,
Boiling on a wicker stove as the coals turn red.
Outside the window is the same old moon,
With plum blossoms though it looks different.

霜月 李商隐

初闻征雁已无蝉，百尺楼高水接天。
青女素娥俱耐冷，月中霜里斗婵娟。

李商隐（813–858年），怀州河内（今河南沁阳）人，在郑州和河阳长大。自唐至今，他一直是中国最伟大的诗人之一。他与朝廷里势不两立的李德裕和牛僧孺两派都有姻亲和朋友关系。由于无法平衡人际关系中的矛盾，他最终还是得罪了后任宰相的好友令狐绹（约795–约872年），这使得李商隐在仕途上举步维艰，只能担任一些低位的官职，他在郑州去世时只是一介布衣。诗中，他用两位仙女来隐喻两个派系：嫦娥吃下仙丹后，飞上了月亮，成为月神，而青女是主管霜雪的女神。《礼记》曰："孟秋之月，……寒蝉鸣。仲秋之月，……鸿雁来。季秋之月，……霜始降。"尽管双方各持己见，从远处看，霜雪满天与月光如水的景象，并没太大的差异，由此来看，朝廷中争斗的两派各有功劳，但也都有失于针对彼此的偏狭。

The Frost and the Moon by Li Shang-yin

By the time I hear geese the cicadas are gone,
From a hundred-foot tower the water is like the sky.
Ch'ing Nu and Ch'ang O don't mind the cold,
In the frost and moonlight they debate each other's charms.

梅 王淇

不受尘埃半点侵，竹篱茅舍自甘心。
只因误识林和靖，惹得诗人说到今。

除了从几首留存的诗歌中收集到的点滴外，诗人王淇（生卒年不详）没有留下更多的信息。自从林逋（卒谥和靖先生）写下了著名的咏梅诗句“疏影横斜水清浅，暗香浮动月黄昏”，梅花就代表逆境中简朴而优雅的生活。但王淇担心，由于林逋对梅花的迷恋，导致今天的人为了超越林逋而竭尽心力，却没能理解和培养如梅花般纯洁和简朴的精神。杭州在成为南宋的都城之前只是一个宁静的小城，林逋隐居在西湖边的一个小岛上。他无意仕途，也未成家，整日与鹤共舞。人们都说他“以梅为妻，以鹤为子”。但也有记载说他是有后裔的，可能是他丧偶之后未再娶妻。

The Plum by Wang Ch'i

Immune from the slightest contaminating dust,
Content beside a thatched hut or bamboo fence.
Until you met Lin Pu by mistake,
Poets ever since haven't stopped talking.

早春 白玉蟾

南枝才放两三花，雪里吟香弄粉些。
淡淡著烟浓著月，深深笼水浅笼沙。

白玉蟾（1134—1229 年），又名葛长庚，出生于中国南方的海南岛，早年出家成了道士，师从多位大师后，最终定居在福建武夷山。他被列为道教南宗五世祖之一，有多部内丹学名著，书法和绘画造诣也很高。诗中，南面朝阳的梅枝预示了冬去春来的变化。第二句中，他将梅花比作脂粉美人。诗的最后两句展现了白梅在不同场景的不同情致。最后两联的遣词来源于杜牧的《泊秦淮》（第 176 首，见 356 页）。第二句中，“粉”既可指“粉黛”，也可指“花粉”，大多数学者将其解读为梅花如云似粉的外观。而知名的梅花鉴赏家宋伯仁在《梅花喜神谱》的序言中说：“嗅蕊吹英，挼香嚼粉。”

Early Spring by Pai Yu-ch'an

As soon as a southern branch unveils a few buds,
I savor their perfume and pollen in the snow.
Paler in the mist whiter in the moonlight,
Darker on the water lighter on the sand.

雪梅（其一）卢梅坡

梅雪争春未肯降，骚人阁笔费评章。
梅须逊雪三分白，雪却输梅一段香。

宋代诗人卢梅坡只留下了这两首诗，梅坡无疑是一个笔名。在某些版本中，这两首诗被认为是徽州祁门人方岳（1199—1262 年）所作。无论是谁所写，它们都代表古代诗人的审美观。在第一首《雪梅》中，诗人表示世间万物没有绝对的高低优劣。任何事物都有其独特、无与伦比的性质。但这也给我们留下了一个难题：既然万物都是唯一的，那我们应该用什么作为标准，又该如何定义美呢？

The Snow and the Plum – I by Lu Mei-p'o

The plum and the snow both claim the spring,
A poet gives up trying to decide.
The plum must admit the snow is so much whiter,
But the snow can't match a wisp of plum perfume.

雪梅（其二）卢梅坡

有梅无雪不精神，有雪无诗俗了人。
日暮诗成天又雪，与梅并作十分春。

诗人通过第二首《雪梅》来解答前一首的问题，诗歌和诗人如同催化剂，将梅花与雪两种不同的物质融于同一种审美。诗人眼里的世界，不受制于物体之间的差别，他洞悉事物的外表和本质，他自己的存在与激情也由此而具有意义——这正是诗歌的意图。

The Snow and the Plum – II by Lu Mei-p'o

The plum without the snow isn't very special,
And snow without a poem is simply commonplace.
At sunset when the poem is done then it snows again,
Together with the plum they complete the spring.

牧童 吕洞宾

草铺横野六七里，笛弄晚风三四声。
归来饱饭黄昏后，不脱蓑衣卧月明。

吕洞宾（798—？年），生于山西永济。科考落榜后，他在长安的一家酒楼里遇到了钟离权（又名汉钟离），当时他喝得酩酊大醉，感叹世事无常，便和钟离权招集了一群道友一起修道，被称为“八仙”。在一些文本中，如胡仔的《苕溪渔隐丛话》（1148年出版），这首诗是为回复钟弱翁所作，作者是“牧童”，故又名《答钟弱翁》。钟弱翁生活在北宋晚期，是江西的一位普通书生，后在开封任职龙图阁直学士，曾因为发布虚假军事胜利报告而被贬职。虽然钟弱翁确实需要这首诗的点拨，但我更赞同《全唐诗》将这首诗归于吕洞宾并题为《牧童》。不管怎样，这首诗都呈现了道家思想中人与自然和谐相处的美好愿景。蓑衣因地域而不同，南方的农民用棕榈丝编成雨衣，而在吕洞宾居住的北方，人们夏天穿芦苇编织的雨衣，冬天穿兽皮遮挡雨雪。

Herdboy by Lu Tung-pin

Across the countryside grass spreads for miles,
I blow a few notes on the evening wind.
Back home I eat after sunset,
And lie in the moonlight still wearing my raincoat.

泊秦淮 杜牧

烟笼寒水月笼沙，夜泊秦淮近酒家。
商女不知亡国恨，隔江犹唱后庭花。

诗中，杜牧停泊在金陵南门外的秦淮河畔，许多到访金陵的人都从此处上岸。秦淮河是金陵的护城河，向西十公里汇入长江。秦淮河的南岸是“柳荫小巷”，巷子里的妓院和客栈为来往的商人和游客提供服务。北岸城墙后是南朝陈（557–589 年）宫殿的遗址，后来成为了富人与权贵的住所。杜牧听到歌女唱的《玉树后庭花》是陈后主（582–589 年在位）所作，他的醉生梦死导致了王朝的灭亡。杜牧听到歌女还在传唱这首曲子，一定是“花开花落不长久，落红满地归寂中”这句吧，他只能哀叹，今朝皇室会重蹈覆辙。

Anchored Overnight on the Chinhuai by Tu Mu

Vapor shrouds the icy water moonlight shrouds the sand,
I anchor near a brothel on the Chinhuai for the night.
Oblivious of the sorrow from losing one's country,
Across the moat girls sing Rear Palace Flowers.

归雁 钱起

潇湘何事等闲回，水碧沙明两岸苔。
二十五弦弹夜月，不胜清怨却飞来。

钱起（约 720– 约 782 年），吴兴（今浙江湖州）人，成年后的大部分时间都在长安度过，曾担任司勋员外郎和翰林学士。他不仅被列入“大历十才子”中，还被认为是王维和孟浩然诗学上的继承人。诗中，他问大雁，湖南的潇湘流域环境似乎很宜人，你们为什么到那里就掉头飞走呢？大雁回答说因为那里是不祥之地。相传天皇伏羲氏听到五十弦的瑟时感到伤心不已，便下令将瑟限制在二十五弦内。这里弹二十五弦瑟的是舜帝的两位妻子，舜在湘南战死后，他的两位妻子便在这里投江自尽，后世尊为“湘君”。两千多年后，屈原也在此处的汨罗投江，人们至今还在农历五月初五过端午节来纪念他。“潇”流入“湘”，“潇湘”一词只是表示它们同处的地域。我觉得“夜月”是描述晚上的月亮，但它也可能是古琴的曲名。还有一种可能，“夜月”是指湘水与洞庭湖交汇处古城岳阳旁的小亭。无论如何，大雁感到悲切还可以选择飞走，流放于此的官员却必须等待诏书才能返回。

On Geese Turning Back by Ch'ien Ch'i

Why simply turn around at the Hsiao and Hsiang,
The water is green the sand is bright and both shores are mossy.
Twenty-five strings echo beneath the moon at night,
Unable to bear such melancholy they all fly away.

题壁 无名氏

一团茅草乱蓬蓬，蓦地烧天蓦地空。
争似满炉煨榾柮，漫腾腾地暖烘烘。

据张端义《贵耳集》记载，这首诗题在洛阳东嵩山峰顶佛寺的墙上。许顗的《彦周诗话》提到司马光在寺里看到这首诗后，写下“勿毁此诗”，又补充道：“登山有道，徐行则不困，措足于实地则不危”。虽然本诗表面上是为了提醒朝拜者和过路人修行的关键所在，但司马光从中读到了诗人对王安石复杂而激进的变法的评价。许多学者都同意他的观点。本集中还有几首类似的诗歌，如果不是因为诗人的语意双关，很可能就不会收录进来。

Written on a Wall by an unknown author

A bundle of tangled up rushes,
Suddenly lights the sky and suddenly is gone.
No match for a stove full of old stump wood,
Slowly steadily giving off heat.

七言律诗　四十五首

Part Four: Forty-five Poems

早朝大明宫 贾至

银烛朝天紫陌长，禁城春色晓苍苍。
千条弱柳垂青琐，百啭流莺满建章。
剑佩声随玉墀步，衣冠身惹御炉香。
共沐恩波凤池上，朝朝染翰侍君王。

贾至（718–772年），出生于洛阳，代宗时任礼部侍郎、兵部侍郎、右散骑常侍等职。他润色诏书的能力很得皇帝赏识，这可谓子承父业，因为他的父亲贾曾也做过这个工作。758年晚春，他在唐肃宗朝内担任中书舍人，此诗是他写给一起参加早朝的中书和门下两省僚友的。虽然是一首应制诗，但这首诗无疑是这一体裁的典范，杜甫、王维、岑参等诗友纷纷写诗唱和。大明宫是大唐皇家和中央政府要员的驻地，宫名出自《诗经》。首联描写了一个春天苍冷的拂晓，太阳还没出来，朝臣们乘马车前往宫殿，提灯照亮天空的景象。诗中的“凤池”指中书省中机要位置。

Morning Court at Taming Palace by Chia Chih

Silver candles light the sky down long royal streets,
In spring forbidden walls turn bright green at dawn.
Countless hanging catkins veil the painted gates,
A hundred twittering orioles encircle Chienchang Court.
The sounds of swords and pendants echo up jade steps,
Every robe and hat is lined with incense soot.
And bathed in waves of grace at Phoenix Pond,
And daily stained with ink serving our noble lord.

和贾舍人早朝大明宫 杜甫

五夜漏声催晓箭，九重春色醉仙桃。
旌旗日暖龙蛇动，宫殿风微燕雀高。
朝罢香烟携满袖，诗成珠玉在挥毫。
欲知世掌丝纶美，池上于今有凤毛。

这是杜甫为贾至的诗写的和诗。757 年，唐肃宗返回长安后不久，杜甫重新担任左拾遗，但次年再次被贬。第一句的“五夜漏声”指的是水钟的滴水声，提示大臣们时已五更，准备早起上朝，大臣长袍的袖子如同翅膀。“丝纶”指皇帝像蚕丝般延绵不断的诏书。中书省，亦称凤凰池，这里的“凤毛”指的是贾至的原诗。“世掌”即父子世代掌管。杜甫将贾至比作谢超宗，南朝宋孝武帝（453—464 年在位）曾称赞“超宗殊有凤毛”，意为谢超宗继承了父亲谢凤起草诏书的风格和才华。

Responding to Secretary Chia Chih's "Morning Court at Taming Palace" by Tu Fu

The sound of nightlong dripping speeds the shaft of dawn,
Spring within the inner gates intoxicates the peach trees.
Dragons writhe on tapestries in the warming sun,
Tiny birds soar above on the faintest breeze.
Incense spills from our sleeves after court,
Pearls pour from your brush into a poem.
How do generations learn such gossamer art,
By the pond today I found a phoenix feather.

和贾舍人早朝大明宫 王维

绛帻鸡人报晓筹，尚衣方进翠云裘。
九天阊阖开宫殿，万国衣冠拜冕旒。
日色才临仙掌动，香烟欲傍衮龙浮。
朝罢须裁五色诏，佩声归向凤池头。

758年，王维被任命为太子中允、集贤殿学士，次年迁太子中庶子、中书舍人。宫中负责报晓的“鸡人”头戴形似鸡冠的红帽，敲打木板或竹子宣告破晓。尚衣负责给皇帝穿衣，皇袍上绣有龙的图案。“九天”形容宫殿的高大辉煌，皇帝在此会见万国使节。朝廷上，侍卫手持两把巨扇，为皇帝遮住初升的太阳。早朝结束后，贾至与中书省的其他成员回到各自的官署，将早晨的议案整理为文书，并誊写在五色纸上。随着他们工作的一举一动，系在腰带上的吊坠发出悦耳的声音。

Responding to Secretary Chia Chih's "Morning Court at Taming Palace" by Wang Wei

When the crimson-capped crier strikes the dawn clapper,
The royal steward enters with azure cloud robes.
The ninefold gates of the palace swing open,
Courtiers from every land bow before the throne.
Then the sun rises and celestial fans wave,
Incense smoke swirls beside dragon brocade.
After court flowery decrees must be drafted,
The sound of jade pendants returns to Phoenix Pond.

和贾舍人早朝大明宫 岑参

鸡鸣紫陌曙光寒，莺啭皇州春色阑。
金阙晓钟开万户，玉阶仙仗拥千官。
花迎剑佩星初落，柳拂旌旗露未干。
独有凤凰池上客，阳春一曲和皆难。

岑参成长于长江中游的江陵。他在丝绸之路上开启了军事生涯，后于757年任唐肃宗的右补阙，随肃宗返回长安，负责诏书的校对，他就在这段时间写了这首和诗。腰间带的剑和垂佩都是高官的饰物，旌旗代表各个官署。诗的后半部分描写的是官员早朝后返回各自职所的情景。《阳春》是一支鲜少有人会唱的古曲。

Responding to Secretary Chia Chih's "Morning Court at Taming Palace" by Ts'en Shen

Roosters announce dawn in the capital is cold,
Orioles proclaim spring in the royal realm is over.
The golden gate's morning bell wakes ten thousand households,
Attendants line jade steps and crowd a thousand officials.
Pendants and swords reflect the fading stars,
Banners brush dew from the willows.
How rare the man at Phoenix Pond,
And how hard to reply to his Sunny Spring.

上元应制 蔡襄

高列千峰宝炬森，端门方喜翠华临。
宸游不为三元夜，乐事还同万众心。
天上清光留此夕，人间和气阁春阴。
要知尽庆华封祝，四十余年惠爱深。

蔡襄（1012–1067 年），兴化军仙游（今属福建）人，官至端明殿学士。他是宋朝最伟大的书法家之一。这首诗描述的是正月十五的晚上，宋仁宗带着官员和仪仗队在开封大街上游行，与万众同庆上元节的盛况。华州位于长安以东，是历代皇帝祭祀华山神灵的地方，他们祈求上天保佑多子多福、长命百岁、王朝兴盛。宋仁宗 1022 年登基，在位四十二年，这是他的最后一个上元节。

On Lantern Festival at Imperial Request
by Ts'ai Hsiang

A forest of jeweled candles forms a thousand peaks,
The royal gate is graced by his iridescent presence.
The procession isn't for the year's first moon,
But to share the joy of the people.
The sky's clear light lasts all night,
The world's mild air foreshadows the spring.
The reason all wish him the blessings of Huafeng,
For more than forty years his benevolence has grown.

上元应制 王珪

雪消华月满仙台，万烛当楼宝扇开。
双凤云中扶辇下，六鳌海上驾山来。
镐京春酒沾周宴，汾水秋风陋汉才。
一曲升平人尽乐，君王又进紫霞杯。

王珪（1019—1085 年），四川成都人。在仁宗和神宗时期，他先任翰林学士，后官拜宰相。本诗中，他描绘出了上元节满月时的一场皇家盛宴，祝福皇上万寿无疆。西王母发放长生不老药的天车上拴有两只凤凰。三对神龟驮负着东海三座仙人岛。王珪还回忆了周朝（前 1046 年 – 前 256 年）在国都镐京，以及汉朝（前 206 年 – 220 年）举行的类似宴会。当时汉武帝在汾水上大宴群臣，并写下《秋风辞》。皇家的习俗是在好年景大吃大喝，坏年景时则节制一些。在此歌舞升平的时刻，君王又进了一杯酒。王珪当然也希望再饮一杯，共庆好年景。

On Lantern Festival at Imperial Request
by Wang Kuei

It isn't snow but moonlight on the terrace of immortals,
Candles line the balconies and jeweled fans part.
From the clouds two phoenixes lead a carriage down,
From the sea six tortoises carry mountains in.
Spring wine in old Hao drenched the feasts of Chou,
Autumn wind on the Fen shamed the bards of Han.
Everyone rejoices in a song of lasting peace,
May our lord lift up his rosy cup once more.

侍宴安乐公主新宅应制 沈佺期

皇家贵主好神仙，别业初开云汉边。
山出尽如鸣凤岭，池成不让饮龙川。
妆楼翠幌教春住，舞阁金铺借日悬。
敬从乘舆来此地，称觞献寿乐钧天。

沈佺期（约656–716年），相州内黄（今河南内黄西）人，在武则天朝廷内任职。武则天于705年去世后，沈佺期因谄附张易之流放至驩州（今越南），但很快就被召回，在中宗（705–710年在位）和睿宗（710–712年在位）时期担任宫廷诗人。诗中记录了709年中宗游赏他最疼爱的女儿安乐公主新宅的情景。公主和武后一样野心勃勃，但她没有那么长寿，在710年的政变中被杀，随后唐玄宗（712–756年在位）登基。云汉是银河的别称。陕西地区的确有一个鸣凤岭，而饮龙川是渭水的一段，就在长安的西边。公主的别墅美轮美奂，犹如人间仙境。伴随着“钧天广乐”，众臣举杯祝皇上万寿无疆。

Attending a Banquet at the New Residence of Princess An-lo by Shen Ch'uan-ch'i

Her Royal Highness loves immortals and gods,
She built her estate near the River of Heaven.
With hills like those of Singing Phoenix Ridge,
And ponds that rival Drinking Dragon Stream.
Her green-curtained balconies detain the spring,
Her gold-decked pavilions borrow the sun.
As our majesty's entourage arrives,
She toasts his long life with Joy Pervades Heaven.

戏答元珍 欧阳修

春风疑不到天涯，二月山城未见花。
残雪压枝犹有橘，冻雷惊笋欲抽芽。
夜闻归雁生乡思，病入新年感物华。
曾是洛阳花下客，野芳虽晚不须嗟。

欧阳修（1007–1072 年），吉州吉水（今属江西）人。他是卓越的文学家，也是朝廷的改革派，晚年因反对王安石变法而被一贬再贬。1036 年，他被降职到长江上游与中游分界处的宜昌做县令时，以这首诗作为给峡州判官丁元珍的回信。诗中所说的“病”既指自己身病，也暗喻朝政心病。“曾是洛阳花下客”说的是欧阳修曾经在遍布私家花园的洛阳做官，但此时他已被贬官，花开花落已是往日云烟，所以感慨“未见花”。

In Reply to Ting Yuan-chen by Ou-yang Hsiu

Spring wind I guess doesn't reach this side of Heaven,
This mountain town in March is still devoid of flowers.
Oranges still hang from snow-laden branches,
Dreaming bamboo shoots are startled by cold thunder.
Honking geese at night make me think of home,
Nursing last year's illness I feel the season's pulse.
Formerly a guest in the gardens of Loyang,
Why should I care if country plants bloom late.

插花吟 邵雍

头上花枝照酒卮，酒卮中有好花枝。
身经两世太平日，眼见四朝全盛时。
况复筋骸粗康健，那堪时节正芳菲。
酒涵花影红光溜，争忍花前不醉归。

邵雍（1011–1077 年），在共城（今河南辉县）长大。他没有入朝为官，而是在城西北的苏门山上隐居，潜心研究儒学。后来他搬到洛阳，多次被召入朝为官，他都称病推辞了。与其身陷官场，他更珍惜与司马光等人的私交。宋朝时，男子将头发扎成发髻，官员须戴帽子。因此，只有那些无官一身轻的人才能享受头上戴花的乐趣。

Flower Garland Song by Shao Yung

The flowers on my head shine in my cup,
My cup contains beautiful flowers.
I've seen two generations of peaceful days,
And witnessed four reigns of prosperous times.
Then too my body is more or less sound,
Also the season is at the height of its bloom.
My cup glows red with flower reflections,
How can I face them and not go home drunk.

寓意 晏殊

油壁香车不再逢，峡云无迹任西东。
梨花院落溶溶月，柳絮池塘淡淡风。
几日寂寥伤酒后，一番萧索禁烟中。
鱼书欲寄何由达，水远山长处处同。

晏殊（991–1055 年），抚州临川（今江西抚州）人。虽然他出身贫寒，但还是受到良好的教育。他仕途青云并官至宰相，他在开封的宅邸成了诗友们的会所。不过，仁慈之人是不善权术的。晏殊卸任宰相后，担任了十几年的地方官。诗中他回忆起晚春时节的一段情缘。女子乘坐着外壁涂抹了防水油的车辇。“峡云”出自巫山神女的传说，她与楚王相会，旦为朝云，暮为行雨，巫峡云雨也用来指金风玉露的男女之情。“禁烟”说的是清明前的寒食节，即使暖酒的烟火也是禁止的。“鱼书”即书信，把一封信放进鱼肚里，就像把纸条放进瓶子里，让它漂流到天涯吧。

Private Thoughts by Yen Shu

Her lacquered carriage no longer arrives,
Where do gorge clouds go when they vanish.
A pear-blossom courtyard in waves of moonlight,
A willow-lined pond in the lightest of winds.
So many days of loneliness and drinking,
And now desolation and no stove fire.
I'd send a letter in a fish if I could,
But rivers and mountains stretch without end.

寒食书事 赵鼎

寂寞柴门村落里，也教插柳记年华。
禁烟不到粤人国，上冢亦携庞老家。
汉寝唐陵无麦饭，山溪野径有梨花。
一樽竟籍青苔卧，莫管城头奏暮笳。

赵鼎（1085—1147年），解州闻喜（今山西闻喜县）人，曾两度出任宰相，因被秦桧构陷，被流放到东南沿海的潮州。当地古粤等少数民族尊崇祖先的习俗跟汉人很相似。“上冢亦携庞老家”里的庞德公（生活在东汉末年）是襄阳南岘山上的隐士，因常被上山扫墓的人遇到，久而久之，他的名字成了清明扫墓的代名词。古人在春天插柳，在结束寒食禁火后重新用柳木生火。赵鼎住在乡下，假装听不到城头那引人思乡的胡笳声。

Cold Food by Chao Ting

Over the most remote poorest village gate,
People stick willow wood to mark the end of spring.
In the Land of Yueh the fire ban's unknown,
But like old P'ang they visit their ancestral graves.
Here the royal tombs see no sign of grain,
But mountain streams and paths are lined with fallen blossoms.
After a jug of wine I lie down on the moss,
And try to ignore the evening flute I hear above the city wall.

清明 黄庭坚

佳节清明桃李笑，野田荒冢只生愁。
雷惊天地龙蛇蛰，雨足郊原草木柔。
人乞祭余骄妾妇，士甘焚死不公侯。
贤愚千载知谁是，满眼蓬蒿共一丘。

黄庭坚受苏轼的推崇，但也被苏轼牵连，遭贬谪并病逝于外省。黄庭坚被认为是苏轼的诗学继承者、江西诗派的奠基人，但他一反传统，诗里常常充满晦涩的典故。在此诗中，他引用了两个清明的故事。第一个是关于一个齐国的男人，他经常喝醉回家向妻妾夸耀，声称自己刚和有钱的朋友出去了。一天，妻子悄悄尾随他出门，发现他从一个墓地走到另一个，向祭祀者乞讨剩下的酒食（出自《孟子·离娄下》）。第二个故事是关于介子推的，他隐居山林，拒绝回朝任官。晋文公（约前697–前628年）放火烧山，他宁死不屈，结果在清明节的前两天被烧死。晋文公懊悔不已，便定这天为寒食节。

Chingming by Huang T'ing-chien

On Chingming Day peach and plum trees smile,
Weed-choked fields and graves can only sigh.
Thunder wakes the serpents in the earth and sky,
Rain covers the countryside with tender plants.
One begged for funeral scraps and tried to fool his wife,
Another died in flames rather than be enfeoffed.
After a thousand years was the fool or wise man right,
Both share the same bramble-covered hills.

清明日对酒 高翥

南北山头多墓田，清明祭扫各纷然。
纸灰飞作白蝴蝶，泪血染成红杜鹃。
日落狐狸眠冢上，夜归儿女笑灯前。
人生有酒须当醉，一滴何曾到九泉。

高翥（1170—1241年），余姚（今属浙江）人。他放弃了杭州的官场生涯，回到家乡余姚郊外生活。他是江湖诗派的追随者，有“余姚诗王”之称，其诗作常常被京城诗人引用。本诗描绘了人们清明节打扫墓园、烧纸钱祭祖的景象。杜鹃花在清明节盛开，所以人们常常把它种在墓地附近。狐狸常以墓冢为家，因此人们认为狐狸是死者的灵魂。“人生有酒须当醉”表现了作者的旷达和对当下的珍惜。

Drinking Wine on Grave Sweeping Day by Kao Chu

Hillsides north and south are overrun with graves,
Sweeping rites on Chingming are nothing but a mess.
Paper ashes fly like snow-white butterflies,
Tears from broken hearts stain azaleas red.
Foxes sleep in tombs once the sun goes down,
Children play in lamplight on the way back home.
Who has wine this life should drink until they're drunk,
No drop has ever reached the ninefold springs below.

郊行即事 程颢

芳原绿野恣行时，春入遥山碧四围。
兴逐乱红穿柳巷，困临流水坐苔矶。
莫辞盏酒十分劝，只恐风花一片飞。
况是清明好天气，不妨游衍莫忘归。

程颢曾在开封担任太子中允和监察御史，负责教导太子并监察百官。因为反对王安石新政，他被贬谪至京外，后来被召回，却未行而卒。他和弟弟程颐是儒学复兴运动的主要倡导者，其理学思想成为宋代文化的主流。程颢认为，将万物以内外一分为二是一切流弊的根源，培养公正无私、自然率直的品格是人类的正道。他在写给理学家张载的一封信中写道："与其认为追求外在的事物是错误的，而寻求内在的是正确的，不如将二者一同忘却。"他爱春天，也爱一年四季的每个时节。这首诗描写了清明时节追逐落花的稚趣，也劝世人珍惜友情。

Strolling Outside Town by Ch'eng Hao

In the sweet green countryside I walk where I want,
Spring is in the distant hills jade on all four sides.
Inspired I chase every red down every willow lane,
Tired I sit on mossy rocks beside a rushing stream.
Don't refuse wine unless you're already drunk,
Fear only that flowers will leave with the wind.
Especially on Chingming when the weather is fine,
Why not go wandering if you can just remember to return.

秋千 僧惠洪

画架双裁翠络偏，佳人春戏小楼前。
飘扬血色裙拖地，断送玉容人上天。
花板润沾红杏雨，彩绳斜挂绿杨烟。
下来闲处从容立，疑是蟾宫谪降仙。

惠洪（1071—1128年），江西宜丰人，金陵清凉寺的僧人。除此之外，我们对他的了解并不多。从这首诗的内容看，他显然没有把时间都花在禅堂的专心冥想上。秋千在春秋时期由北方游牧民族传入中原。不知它是如何成为清明习俗的，尤其是在长江沿岸的楚地，人们通常站着荡秋千。蟾宫是月宫的别称，指代月亮，宫里住着一只三足蟾蜍。

The Swing by Hui-hung

A pair of blue ropes swing from a painted frame,
A beauty enjoys spring by a small pavilion.
Her crimson skirt flutters as it scrapes the ground,
Her beguiling jade face rises to the sky.
The painted board glistens with apricot blossom rain,
Colored ribbons dangle in the green willow haze.
Down she steps in silence and stands nonchalant,
A banished immortal from Toad Palace I guess.

曲江（其一）杜甫

一片花飞减却春，风飘万点正愁人。
且看欲尽花经眼，莫厌伤多酒入唇。
江上小堂巢翡翠，苑边高冢卧麒麟。
细推物理须行乐，何用浮名绊此身。

757 年末，杜甫回到长安，再次被任命为左拾遗，但这是一份闲职，无法帮助国家从安史之乱中复原。次年四月，他在游览曲江时写下了这两首诗。黄渠把义谷水输送到京城长安东南角的曲江池。752 年的科考结束后，杜甫和所有及第的考生在曲江池西南的紫云楼受到唐玄宗的款待。但从那以后，这里逐渐萧条，人迹罕至，楼台及周围的亭子成了翠鸟的家园，而附近秦二世陵墓前的麒麟石雕也被推倒了。诗人在尾联说：人生还要乐在当下，不要被那些虚的声名纠缠住。

While Drinking at the Chuchiang Waterway – I
by Tu Fu

Each flying petal diminishes the spring,
Ten thousand on the wind break a person's heart.
Watching the final flowers fall before my eyes,
How could too much wine pass between my lips.
Kingfishers nest below the riverside pavilions,
And the unicorns have fallen by the garden tomb.
To ponder such things is to turn to pleasure,
What use is mere fame if it restrains us.

曲江（其二）杜甫

朝回日日典春衣，每日江头尽醉归。
酒债寻常行处有，人生七十古来稀。
穿花蛱蝶深深见，点水蜻蜓款款飞。
传语风光共流转，暂时相赏莫相违。

在古代，人们制作新衣留到春末穿。而现在人们的习惯是新年穿新衣服。在朝堂上，不同的服装代表着官阶的高低。杜甫当时十分贫穷，每天退朝归来，都要典衣沽酒，借酒来麻木他对国家悲惨状况的痛不堪忍。此时他再次被任命为左拾遗，但这对他不是一种安慰，而是一种负担。写下这两首诗后几个月，他被降职到长安东面约一百公里的华州，他任职不久，就弃官去了甘肃一代，后来到了成都，此后便再也没有回到都城。不过，他仍然期望被召回。

Drinking at the Chuchiang Waterway – II by Tu Fu

Every day after court I pawn my spring clothes,
Every day from the waterway I come home drunk.
Wherever I go I owe money for wine,
But living until seventy has always been rare.
Butterflies float half-seen among the flowers,
Dragonflies flit here and there across the water.
I advise you to flow with the wind and light,
Enjoy your time together and don't fight.

黄鹤楼 崔颢

昔人已乘黄鹤去，此地空余黄鹤楼。
黄鹤一去不复返，白云千载空悠悠。
晴川历历汉阳树，芳草萋萋鹦鹉洲。
日暮乡关何处是？烟波江上使人愁。

崔颢年轻时到长安参加科举，不久就成了王维的密友。然而，他早年因口无遮掩而导致一再外贬。先任地方闲职，后来四处游历，之后在地方军幕任职。写此诗时，他正站在长江南岸的黄鹤楼上。汉阳对岸的黄鹤楼是为了纪念道教仙人费祎而建，传说他在此乘鹤登仙，只留下悠悠白云。江水中央的大沙洲名曰鹦鹉洲，是宴请宾客的热门场所，可惜后来被江水冲没。李白非常喜欢这首诗，甚至在自己的《登金陵凤凰台》一诗中引用了本诗结尾的“使人愁”。

Yellow Crane Tower by Ts'ui Hao

A man rode off on a crane long ago,
Yellow Crane Tower is all that remains.
Once the crane left it never returned,
For a thousand years clouds have wandered in vain.
The trees of Hanyang shine in mid-stream,
The sweet plants of spring overrun Parrot Isle.
At sunset I wonder which way is home?
Mist on the river gives rise to grief.

春夕旅怀 崔涂

水流花谢两无情，送尽东风过楚城。
蝴蝶梦中家万里，杜鹃枝上月三更。
故园书动经年绝，华发春催两鬓生。
自是不归归便得，五湖烟景有谁争。

崔涂（生卒年不详），出生于杭州南部的富春江沿岸，大部分时间在他乡漂泊。他一生中目睹了唐朝的灭亡和长江沿岸一系列独立王朝的兴起，长江中游曾是楚国的领土。他在颔联中引用《庄子》中庄周梦蝶的典故：不知是人做梦变成了蝴蝶呢，还是蝴蝶做梦变成了人。夜半梦醒，他听着杜鹃“不如归去”的啼鸣，自问道：根本没人来跟我争抢五湖的美景，我随时可以归去隐居，而我为什么还要滞留他乡呢？此处，崔涂自嘲抱负未展而不愿归去。

A Traveler's Thoughts on a Spring Evening
by Ts'ui T'u

Flowing water and falling petals have no pity,
I see the East Wind off past the walls of Ch'u.
While a butterfly dreams ten thousand miles from home,
And a cuckoo perches beneath the midnight moon.
No letters from home for more than a year,
The gray at my temples all due to spring.
I could go home if I wanted but don't,
Why fight over the mists of Wuhu.

寄李儋元锡 韦应物

去年花里逢君别，今日花开又一年。
世事茫茫难自料，春愁黯黯独成眠。
身多疾病思田里，邑有流亡愧俸钱。
闻道欲来相问讯，西楼望月几回圆。

韦应物贞元初年被派往苏州担任刺史，这是他在江南的最后一个官职。785 年他在苏州写下了这首诗。有评论家认为这是他 784 年在滁州写的，因为那里也有一座西楼，但滁州西楼不像苏州西楼那样正对西北通向京城的大路。诗中，“邑有流亡”让韦应物感到愧对俸禄，这可能是指 781 年至 784 年间大唐与北面黄河流域地方割据势力的战争灾民，但也可能是洪灾的难民，因为自古至今这片地区一直是洪水的高发地。李儋曾在官殿中任侍御史，是诗人的好友，两人常互赠诗作。

In Reply to Li Tan by Wei Ying-wu

We parted last year among flowers,
They're blooming again this year.
The haze of the mundane world is hard to penetrate,
Troubled by the cares of spring I fall asleep alone.
My body ill my thoughts in the fields,
Ashamed of my salary with refugees in town.
I heard you were planning to come for a visit,
How many moons have I watched from West Tower.

江村 杜甫

清江一曲抱村流，长夏江村事事幽。
自去自来梁上燕，相亲相近水中鸥。
老妻画纸为棋局，稚子敲针作钓钩。
但有故人供禄米，微躯此外更何求？

759 年，杜甫辞去华州的职务，在天水待了一段时间后迁往四川。在亲友的资助下，他在成都郊外西门浣花溪畔买下一小块地，盖了一间草堂。浣花溪是汇入岷江的一条小河。760 年，他到成都的第一个夏天写下了这首诗。杜甫的草堂，确切地说是重建的草堂，至今仍在原地，政府甚至已经开始发掘杜甫的旧物。第七句的另一个版本是“多病所须惟药物”。古代以“禄米”作为官吏的薪酬禄，他们可以领取食物或将其兑换成货币。

River Village by Tu Fu

A clear river winds around the village,
All summer long village life is peaceful.
Swallows in the rafters come and go at will,
Seagulls on the water visit friends and kin.
My wife draws a chessboard on a piece of paper,
My children make fish hooks out of sewing needles.
Thankfully an old friend shares his office rice,
If not for this body what else would I want.

夏日 张耒

长夏江村风日清，檐牙燕雀已生成。
蝶衣晒粉花枝舞，蛛网添丝屋角晴。
落落疏帘邀月影，嘈嘈虚枕纳溪声。
久斑两鬓如霜雪，直欲渔樵过此生。

张耒（1054—1114年），楚州淮阴（今江苏淮安）人，在宋都开封任职时，官至太常少卿，掌管宗庙礼仪。他是著名的"苏门四学士"之一，以自然朴实、平易近人的现实主义诗歌著称，难怪他流传下来的许多诗歌都是关于农村生活的。这首诗是他辞官后不久完成的《夏日》三首中的第一首。

Summer Day by Chang Lei

Late summer on the river the wind and sun are mild,
The little birds below the eaves are grown.
Sun-drenched butterflies dance among the flowers,
Newly-spun spiderwebs brighten the corner's of my house.
Threadbare curtains invite the moon's reflection,
A pillow made of clay echoes with the current.
My long graying temples recall the frost and snow,
Let me pass this life chopping wood and fishing.

积雨辋川庄作 王维

积雨空林烟火迟，蒸藜炊黍饷东菑。
漠漠水田飞白鹭，阴阴夏木啭黄鹂。
山中习静观朝槿，松下清斋折露葵。
野老与人争席罢，海鸥何事更相疑。

王维在长安东南约六十公里处的辋川买了个山宅，这所房子原属唐初诗人宋之问。王维升为尚书右丞后，依然保持着参佛食素的习惯。他晚年打坐、登山的时间比在朝办公的时间还多。在颈联中，诗人长日在山中养性，观赏木槿花晨开晚谢，摘下冬葵晾干露水食用，不沾荤腥。诗的尾联取自《庄子·杂篇·寓言》：杨朱去从老子学道，路上旅舍主人欢迎他，客人都给他让座；学成归来，旅客们却不再让座，而与他“争席”，说明杨朱已得自然之道，与人们没有隔阂了。“争席罢”也指诗人不再计较地位和权力。《列子·黄帝篇》：海上有人与鸥鸟相亲近，互不猜疑。一天，父亲要他把海鸥捉回家来，但他到海滨时，海鸥便飞得远远的，心术不正破坏了他和海鸥的亲密关系。苏轼曾赞誉王维“诗中有画，画中有诗”。

Written at My Wang River Retreat after a Steady Rain by Wang Wei

Steady rain deserted woods and finally kitchen smoke,
Steamed greens and millet for those in the eastside fields.
Snowy egrets fly above a sea of flooded fields,
Golden orioles sing in the shadows of summer trees.
Sitting in the mountains I regard the morning hibiscus,
And cut dewy mallow leaves for a meal below the pines.
Living in the country I've stopped fighting over seats,
Why then do the seagulls still suspect me.

东湖新竹 陆游

插棘编篱谨护持，养成寒碧映涟漪。
清风掠地秋先到，赤日行天午不知。
解箨时闻声簌簌，放梢初见叶离离。
官闲我欲频来此，枕簟仍教到处随。

陆游出生于浙江山阴（今浙江绍兴），后来成为中国古代最具浪漫主义的人物之一。人们都熟知他渴望收复中原的诗："死去元知万事空，但悲不见九州同。王师北定中原日，家祭无忘告乃翁。"他是宋代留存作品最多的抒情诗人，留下了近万首诗，主题包括精神灵修、简朴生活和自然境界。最终他回归故里，在山阴度过了最后七年。东湖曾是一个采石场，以其险峻的岩石、阴凉的湖滨和竹林环绕的浅滩而闻名。在某些版本中，这首诗被认为是黄庭坚所作。

New Bamboo at East Lake by Lu Yu

I planted thorns and built a fence to keep them safe,
Their growing emerald canes shimmer in the ripples.
Autumn comes first where a breeze cools the earth,
The summer sun above is far away at noon.
They make a rustling sound as they discard their wrappers,
And cast spindly shadows as they put forth new branches.
I plan to visit often as soon as I stop working,
And take my mat and pillow with me when I go.

夏夜宿表兄话旧 窦叔向

夜合花开香满庭，夜深微雨醉初醒。
远书珍重何曾达，旧事凄凉不可听。
去日儿童皆长大，昔年亲友半凋零。
明朝又是孤舟别，愁见河桥酒幔青。

窦叔向（生卒年不详），京兆金城（今陕西兴平）人，是常衮的密友。常衮成为宰相后，窦叔向被任命为左拾遗。779年常衮被贬职后，窦叔向被贬至金陵东南的溧水，在那里与表兄久别重逢，对饮夜谈后写下了这首诗。官员被派往遥远的地方任职，家人一般会留在老家。两人聊起他长期在外，窦家的五个孩子都长大了，而且都成为有名的诗人。首联说夏夜木兰开放。“酒幔青”是河边酒铺招客的幌子。

Spending a Summer Night with My Cousin Talking about the Past by Tou Shu-hsiang

Magnolia perfume inundates the courtyard,
The wine wears off during a late night drizzle.
How can I reply to the distant words of loved ones,
Or bear to hear about the dismal past.
Our children all are grown,
Our friends are mostly gone.
Another boat departs tomorrow,
I hate those blue flags by the bridge.

偶成 程颢

闲来无事不从容，睡觉东窗日已红。
万物静观皆自得，四时佳兴与人同。
道通天地有形外，思入风云变态中。
富贵不淫贫贱乐，男儿到此是豪雄。

程颢曾在洛阳讲学十几年，门庭若市，弟子数千。他也在不远处的都城开封短暂任职。因为反对王安石新政，被贬谪至华南，随后死在汝州任上。尽管人生坎坷，但他和弟弟程颐在逆境中成为北宋理学的领军人物。这首诗反映了他的理学宗旨，即万物归于道也归于心，因此，人与天地万物具有相同的本性。和谐的本性很容易被欲望和无知破坏，但可以通过培养善良和宁静的美德进行修复。诗中的最后两句源自《孟子》。

Occasional Poem on an Autumn Day by Ch'eng Hao

When I'm at peace I let everything go,
I wake by the east window long after sunrise.
Viewed without passion everything is fine,
Seasonal glories hold true for man.
The Tao fills the world the formed and the formless,
Our thoughts are in the changing clouds and wind.
Not troubled by wealth content in poverty,
A man who reaches this alone is noble.

游月陂 程颢

月陂堤上四徘徊，北有中天百尺台。
万物已随秋气改，一樽聊为晚凉开。
水心云影闲相照，林下泉声静自来。
世事无端何足计，但逢佳节约重陪。

月陂位于程颢就职的开封皇宫内。百尺台位于皇宫东北方向的开宝寺，是975年前后用木材建造的佛塔，高百尺，后来毁于一场大火。而程颢在远处看到的是1049年用砖石重建的塔，高56米，塔身覆盖琉璃瓦，看起来像铁塔，如今仍矗立在原地。另说此诗成于洛阳。

Visiting Crescent Pond by Ch'eng Hao

We circle the shore of Crescent Pond,
To the north is a tower that touches the sky.
The world has changed in the autumn air,
We pour a cup for the evening chill.
The image of a cloud pauses on the water,
The sound of a stream rests beneath the trees.
Our tasks are endless there's no need to count,
Let's meet again our next day off.

秋兴八首（其一）杜甫

玉露凋伤枫树林，巫山巫峡气萧森。
江间波浪兼天涌，塞上风云接地阴。
丛菊两开他日泪，孤舟一系故园心。
寒衣处处催刀尺，白帝城高急暮砧。

765年，杜甫离开成都后，与家人一起沿长江而下，于次年在奉节登岸，作为都督的客人在奉节住了两年。他在奉节的第一个秋天写下《秋兴八首》，其中有四首收在《千家诗》里。他的居所在奉节以东几公里处的白帝城，俯瞰三峡第一峡的西口。巫峡是三峡中的第二峡，巫峡的名字来自巫山，而巫山的天气是水路旅行者的晴雨表。白帝曾经是东汉割据势力“成家”的城池，刘备在三世纪时试图一统天下，大功未成却死在这里。玉露也称白露，是九月初霜降的时节。这时树叶变红，菊花盛开。妇女们用木槌或石槌捶洗衣服，让布料变得柔软有弹性。

Autumn Inspiration – I by Tu Fu

Jade dew injures a forest of maples,
Sorceress Mountain looks bleak in the gorge.
Waves in the river crash against the sky,
Clouds in the passes blacken the earth.
Chrysanthemums have brought forth my tears for two years,
My boat is still tied to thoughts of my garden.
Everywhere people are making winter clothes,
At dusk in Paiti the mallets beat faster.

秋兴八首（其三）杜甫

千家山郭静朝晖，日日江楼坐翠微。
信宿渔人还泛泛，清秋燕子故飞飞。
匡衡抗疏功名薄，刘向传经心事违。
同学少年多不贱，五陵衣马自轻肥。

杜甫在白帝城时，天天都去俯瞰长江的一个亭子。渔民们经常在江上连宿两夜才回家，而这里也寓意杜甫在白帝的两年。时已深秋，燕子还在飞来飞去。匡衡（西汉时期）和刘向（约前77－前6年）通过上书直言善谏，实现了对汉朝宗教的改革及儒家经典的诠释。杜甫在洛阳附近长大，青年时代和早期官场生涯在长安南郊的少陵塬度过。“五陵”是长安西北五座汉代帝王陵墓的所在地，后来被用于首都及富贵人家的代名词。

Autumn Inspiration – III by Tu Fu

The hillside walls of town are washed in morning light,
Every day the river tower looks out from azure slopes.
Fishermen still drift two nights away from home,
Swallows are still flying in the cool of autumn.
K'uang Heng was heard but my voice is faint,
Liu Hsiang could teach but I am ignored.
And yet few friends of my youth are poor,
In Wuling their robes are light and their horses well-fed.

秋兴八首（其五）杜甫

蓬莱宫阙对南山，承露金茎霄汉间。
西望瑶池降王母，东来紫气满函关。
云移雉尾开宫扇，日绕龙鳞识圣颜。
一卧沧江惊岁晚，几回青琐点朝班。

杜甫想象自己回到了官府。首联里的蓬莱宫（大明宫）位于长安，遥对终南山。“蓬莱”之名来自山东沿海的一个仙岛。长安以南的终南山亘古不变，因此象征不朽。铜柱是汉武帝立的，目的是收集用于制作长生不老丹的纯露。颔联中说西王母自瑶池驾临，赐下长生不老的丹药。位于河南西部的函谷关是老子写《道德经》的地方，之后他便遁入山中了。老子姓李，与大唐皇帝同姓，因此在唐朝尤为受尊崇。颈联说的雉尾是用来制作扇子的锦鸡羽毛。此时是唐代宗大历元年（766 年），杜甫卧病夔州，光阴不再，只能遥想再进大明宫（青琐）。

Autumn Inspiration – V by Tu Fu

Penglai Hall looks south to the mountains,
Its pillars of bronze collect dew from the stars.
To the west the Queen Mother appears at Jade Lake,
To the east purple mist spreads through Hanku Pass.
A cloud of pheasant fans parts before the throne,
Sunlit dragon scales reflect our sage's face.
Living by dark waters I fear the year is late,
I often return to court below the painted gates.

秋兴八首（其七）杜甫

昆明池水汉时功，武帝旌旗在眼中。
织女机丝虚夜月，石鲸鳞甲动秋风。
波漂菰米沉云黑，露冷莲房坠粉红。
关塞极天惟鸟道，江湖满地一渔翁。

汉武帝（前 156 – 前 87 年）曾在长安西南建造人工湖训练水兵，并以他将要进攻的地方命名——昆明池。昆明池东岸和西岸的雕像看起来形似银河两岸的牛郎织女，中间则是一头覆盖着玉鳞的鲸鱼石雕。唐时，该湖以茂盛的茭白（菰米）、茼蒿和荷花而闻名，这些作物都应该在秋季收获。然而此时国家动乱，作物被荒废在池中。杜甫北望长安，所见唯有崇山峻岭，与都城相隔甚远。他漂泊在江湖之上，感叹时运的衰败。“渔翁”是隐士、土匪、流亡官员等的代名词。

Autumn Inspiration – VII by Tu Fu

Kunming Lake was the jewel of the Han,
I can see Emperor Wu's banners.
The weaving maid weaving in vain below the moon,
The stone whale shimmering in the autumn wind.
Scudding black clouds of windswept wild rice,
Drifting pink powder from dry lotus pods.
But sky-high passes are only for birds,
Lakes and rivers are a fisherman's world.

月夜舟中 戴复古

满船明月浸虚空，绿水无痕夜气冲。
诗思浮沉樯影里，梦魂摇曳橹声中。
星辰冷落碧潭水，鸿雁悲鸣红蓼风。
数点渔灯依古岸，断桥垂露滴梧桐。

戴复古（1167–？），出生于台州黄岩（今浙江台州黄岩）。他在长江下游浪迹江湖多年，是著名的“江湖派”诗人。戴复古在杭州西湖写下了这首诗，他在诗中批评南宋朝庭官员的安逸生活，斥责他们没有意愿，也没有能力从金人手中夺回中原。中国古代的船通常用船尾的橹推进，而不是一双桨。红蓼是指开红花的蓼草。断桥连接南宋首都与孤山岛，而孤山是诗人林逋隐居的地方。另说此诗为白玉蟾所作。

Aboard a Boat on a Moonlit Night by Tai Fu-ku

Moonlight fills the boat and floods an empty sky,
Night air pours across the green and glassy water.
Ideas for a poem form shadows on the mast,
My dream spirit rows to the sound of the scull.
Stars appear lonely in the jade-colored lake,
Wild geese cry out in the water pepper wind.
A few fishing lanterns mark the ancient shore,
Dew drips from paulownias on Broken Arc Bridge.

长安秋望 赵嘏

云物凄清拂曙流，汉家宫阙动高秋。
残星几点雁横塞，长笛一声人倚楼。
紫艳半开篱菊静，红衣落尽渚莲愁。
鲈鱼正美不归去，空戴南冠学楚囚。

赵嘏出生于楚州山阳（今江苏淮安），山阳是古代楚国的一部分。这首诗是他在长安以西担任渭南尉时所写，他后来卒于任上。西晋（266—317年）某年的秋天，吴人张翰在洛阳任职，十分想念家乡。有一次秋风起时，他想念故乡鲈鱼羹的美味，便辞官回家了。赵嘏想到了这个故事却无法效仿张翰，而是将自己比作戴着南冠的囚徒钟仪。钟仪是楚国郧公，在战争中被郑国俘获并交给了晋国。晋景公见到钟仪，问道："戴着南方帽子的囚犯是谁？"官吏回答道："楚国俘虏。"从那以后，南冠就代表了囚徒（出自《左传·成公九年》）。云物凄清的秋天，浪迹他乡的诗人笔下流露出思乡之情。

Autumn Longing in Ch'ang-an by Chao Ku

Lonesome cloud shapes brush past the dawn,
The full force of autumn descends on the palace.
A few fading stars and migrating geese,
Leaning from a tower I can hear a flute.
Chrysanthemums are silently starting to turn purple,
Without their pink robes lotuses look sad.
Sea perch are in season but I can't go home,
A prisoner from Ch'u I wear a strange hat.

新秋 杜甫

火云犹未敛奇峰，欹枕初惊一叶风。
几处园林萧瑟里，谁家砧杵寂寥中。
蝉声断续悲残月，萤焰高低照暮空。
赋就金门期再献，夜深搔首叹飞蓬。

杜甫于761年在成都写下了这首诗——有些版本将其归为孙仅（969–1017年）。秋高气爽的季节，杜甫却担忧能否得到心仪的任命。因此，他想效仿汉代诗人司马相如（约前179–前118年）向皇帝献赋，以期录用。"砧杵"是说古人洗衣服时，将衣服放在平坦的岩石上反复捶打。他们秋天也捶打新衣服，使布料变得柔软，以备冬天穿。伴着寂寥中的捶打声，诗人感叹时光易逝。诗文的最后一句化用了《诗经》中的一首诗，表达了壮志未酬的悲伤。

Early Autumn by Tu Fu

Before the fiery clouds have quenched their awesome peaks,
Resting on a pillow I feel the first leafy breeze.
Somewhere garden trees are sighing,
And someone is pounding a mallet.
Throbbing cicadas mourn the setting moon,
And zig-zagging fireflies light the evening sky.
I planned to take a poem to Chinma Gate again,
But late at night I scratch my head and sigh at my thin hair.

中秋 李朴

皓魄当空宝镜升，云间仙籁寂无声。
平分秋色一轮满，长伴云衢千里明。
狡兔空从弦外落，妖蟆休向眼前生。
灵槎拟约同携手，更待银河彻底清。

李朴（1063–1127 年）出生于虔州兴国（今江西兴国县），做过国子监教授等职，为官耿直敢言。诗中他描述了八月十五满月时的情景，中秋是仅次于春节的重要节日，秋分也将在中秋前后到来。神话传说中，住在月亮上的玉兔会炼制长生不老药。月圆时，玉兔倒挂着，看起来像要从月亮上掉下来一样。而吃了仙丹的月宫蟾蜍则在月初时可见，月圆时就难以分辨了。相传天海曾经相连，神仙们乘着“灵槎”往来通行，银河只有在天朗气清时才能通航。

Mid-Autumn by Li P'u

A bright spirit in the sky a jeweled mirror rising,
Silences the music of immortals in the clouds.
A perfect wheel at the height of autumn,
Shines for a thousand miles on a never-ending path.
The clever hare falls off its rim,
The ugly toad stays out of sight.
Let's go together on a magic raft,
The next time the Silver River is clear.

九日蓝田崔氏庄 杜甫

老去悲秋强自宽，兴来今日尽君欢。
羞将短发还吹帽，笑倩旁人为正冠。
蓝水远从千涧落，玉山高并两峰寒。
明年此会知谁健？醉把茱萸仔细看。

758 年，杜甫在长安东南的蓝田参加宴会时写下了这首诗。终南山下的蓝田境内有一座玉山，出产蓝田玉。宴会在崔氏朋友的蓝田居所举行，庆祝九月九重阳节。根据古代习俗，这一天要佩茱萸囊、饮菊花酒以祛邪益寿。帽子是君子的象征，不戴帽子会被认为是失礼的。诗中引用了东晋"孟嘉落帽"的典故：孟嘉在宴会上被风吹掉了帽子，但他既没道歉也未感到尴尬，像是没事一样，之后又从容应对，尽显名士风流。此时，杜甫请别人帮忙正冠而表现同样的潇洒风度。

At Mister Ts'ui's Villa in Lantien on the Ninth
by Tu Fu

An old man mourning fall I try to console myself,
Happy to have shared this day with friends.
Thinking my hair too short or my headgear insecure,
I laughed and asked someone to fix my hat.
Blue water falls from a thousand distant streams,
The twin peaks of Jade Mountain are cold and lofty.
This time next year who will still be healthy,
Let's find some prickly ash after we get drunk.

秋思 陆游

利欲驱人万火牛，江湖浪迹一沙鸥。
日长似岁闲方觉，事大如天醉亦休。
衣杵相望深巷月，井桐摇落故园秋。
欲舒老眼无高处，安得元龙百尺楼。

陆游是最受爱戴的宋代诗人之一，但由于太过理想主义而无法获得高位。本诗中，他去乡下散散心。诗人说与其受利欲驱动追逐权势，不如做一只自由翱翔无所牵挂的沙鸥。“万火牛”的典故来源于公元前279年，齐国人在牛角上缚刀，牛尾绑上浸过油的灯芯草，点上火将牛赶向燕国军队，用火牛阵一举将燕军击溃。最后两句说的是汉末许汜到陈元龙家做客的典故。陈元龙让他睡下铺，自卧高处的大床。许汜后来向刘备抱怨这件事，刘备斥责他的胸无大志：“如小人，欲卧百尺楼上，卧君于地，何但上下床之间邪？”在这首诗里，陆游借此典故来自嘲自己一腔抱负无处施展的无奈心境。

Autumn Thoughts by Lu Yu

We're driven by desire like oxen on fire,
Or we drift like a seagull among rivers and lakes.
Days can last years when a person finds peace,
Great concerns vanish for those who are drunk.
Mallet sounds fade below a country-lane moon,
Paulownia leaves cover my garden in fall.
I need somewhere high to let my eyes roam,
Where can I find Yuan-lung's old tower.

与朱山人 杜甫

锦里先生乌角巾，园收芋栗未全贫。
惯看宾客儿童喜，得食阶除鸟雀驯。
秋水才深四五尺，野航恰受两三人。
白沙翠竹江村暮，相对柴门月色新。

762年，杜甫在成都西门外浣花溪旁的草堂里写下了这首诗。他的朋友朱山人（锦里先生）就在南面一两公里的河边隐居。在中国古代，男士普遍戴着帽子或头巾，而隐士们通常把黑色的方巾在头两侧打成结，看起来像是一对角。杜甫将朱山人比作王维的《济上四贤咏》中的隐士。

For Hermit Chu, My Neighbor to the South
by Tu Fu

Mister Chin Village with his blackhorned bandana,
Grows taro and chestnuts and can't be called poor.
His children are glad when a guest arrives,
And birds aren't afraid to eat food on his steps.
The river in autumn isn't five feet deep,
And the ferry holds maybe three people.
Amid sand and bamboo and the river village dusk,
He sees me to his gate when the moon is new.

闻笛 赵嘏

谁家吹笛画楼中，断续声随断续风。
响遏行云横碧落，清和冷月到帘栊。
兴来三弄有桓子，赋就一篇怀马融。
曲罢不知人在否，余音嘹亮尚飘空。

赵嘏 844 年科举中榜后历任数职，后在长安东边任渭南尉，最终也在那里去世。桓伊以其军事才略和礼仪品德而著称，同时善于吹笛，素有“江左第一”之称。“兴来三弄有桓子”说的是，书法家王羲之的儿子王徽之顺河而下，得知恒伊在附近，便派使者请他展示技艺。桓伊为他吹奏《梅花三弄》，吹罢离去，却没与王徽之会面，因而“曲罢不知人在否”。美妙的笛曲让人想起了《长笛赋》的作者马融（79–166 年），他也是著名的儒学家。

Hearing a Flute by Chao Ku

Whose flute is that in the painted tower,
Blowing and pausing in harmony with the wind.
Its sound stops the clouds traveling across the sky,
Its notes reach my curtains with the winter moon.
Inspired like the tunes of Huan Yi,
Reminiscent of Ma Jung's old ode.
But where is person when the song is over,
And the notes continue to float in the air.

冬景 刘克庄

晴窗早觉爱朝曦，竹外秋声渐作威。
命仆安排新暖阁，呼童熨贴旧寒衣。
叶浮嫩绿酒初熟，橙切香黄蟹正肥。
蓉菊满圆皆可羡，赏心从此莫相违。

刘克庄是宋末文坛的领军人物，也是《千家诗》最初的编纂者。编者一般不会收录自己的诗，所以这首诗应该是后人添加的。长江下游地区盛产大闸蟹，而大闸蟹最肥的时候是农历九十月份的秋末冬初时节。每年此时，蟹肉和蟹粉是长三角居民的美食佳肴。“蓉菊”指芙蓉和菊花，红黄各色的芙蓉在农历八九月间开花。

Winter Scene by Liu K'o-chuang

I love to wake to morning light beneath a frosted window,
The sounds of fall growing louder in the bamboo grove outside.
I tell a servant to heat my new pavilion,
And call a boy to iron last year's winter clothes.
The leaves are green and tender the wine is freshly-made,
The oranges sweet and golden and crabs truly fat.
And mallows and chrysanthemums lovely in the garden,
May I never leave such delights again.

小至 杜甫

天时人事日相催，冬至阳生春又来。
刺绣五纹添弱线，吹葭六琯动浮灰。
岸容待腊将舒柳，山意冲寒欲放梅。
云物不殊乡国异，教儿且覆掌中杯。

《易经》第二十四卦说:“七日来复。”中国的许多习俗都与冬至有关，从冬至起，白天终于开始变长，妇女们开始刺绣，计划在新年前完工。人们将芦苇茎中的薄膜制成灰，放在十二乐律的玉管内，冬至到来时，律管里吹出的灰就会向上飘浮，而在夏至则向下飘坠。云的颜色和形状也是来年运势的征兆。杜甫于766年在长江三峡写下这首诗，此时他依然不能安心返乡，安史之乱已使中原地区落入地方军阀控制中。在此境遇下，杜甫无心饮酒。

Winter Solstice Eve by Tu Fu

Heaven's times and man's affairs drive us on,
On winter solstice yang appears and spring returns.
To silken embroideries a thread is added,
Out of long flutes reed ashes fly.
The shores wait for New Year to set willows free,
The hills battle cold to liberate plum trees.
The shapes of clouds are the same as back home,
I ask my son to finish my wine.

山园小梅 林逋

众芳摇落独暄妍，占尽风情向小园。
疏影横斜水清浅，暗香浮动月黄昏。
霜禽欲下先偷眼，粉蝶如知合断魂。
幸有微吟可相狎，不须檀板共金樽。

林逋大半生都在杭州附近度过，他誓不为官，隐居在杭州西门外的孤山，二十多年不进城。他不曾婚配，也可能是丧偶后未娶。他钟情于梅树和鹤鸟，人称“梅妻鹤子”。诗中颈联写道，候鸟会把雪白的花瓣看成雪花，而如果蝴蝶在寒冷的冬天还存活，它们肯定会把梅花误认为是天宫飞来的白翼蝶。诗人在唱诗时常使用檀板来打节拍。

How Plum Flowers Embarrass a Garden by Lin Pu

When everything has faded they alone shine forth,
Encroaching on the charms of smaller gardens.
Their scattered shadows fall lightly on clear water,
Their subtle scent pervades the moonlit dusk.
Snowbirds look again before they land,
If butterflies knew they would faint.
Thankfully I can flirt in whispered verse,
I don't need a music board or winecup.

左迁至蓝关示侄孙湘 韩愈

一封朝奏九重天，夕贬潮州路八千。
欲为圣明除弊事，肯将衰朽惜残年！
云横秦岭家何在？雪拥蓝关马不前。
知汝远来应有意，好收吾骨瘴江边。

韩愈是唐代最著名的文学人物之一，他的诗文是唐代文化的瑰宝，他也热衷儒学。819年，唐宪宗（805—820年在位）命宦官将释迦牟尼佛的指骨迎入宫廷供奉，其仪式之隆重使韩愈难以忍受，他为此写了一份名扬古今的奏折《论佛骨表》，批评皇帝对佛骨的盲目崇拜，并暗示会缩短皇帝的寿命。由于这种莽撞，诗人被贬到东南沿海瘟疫肆虐的潮州地区，许多贬官一去岭南便再也没有回来。作本诗时，他被大雪困在首都东南部的蓝田关口。在等待雪化之时，侄孙韩湘得到他将被南贬至瘴疠之地的消息，特意来看望他。据说韩湘后来在西边不远处的一个山洞里修道，最终跻身八仙之列。

For My Nephew, Hsiang, on Being Demoted and Reaching Lan Pass by Han Yu

I submitted a memorial to the palace at dawn,
By dusk I was bound for Chaoyang two thousand miles away.
I intended to rid the court of evil ways,
But dared in my old age to begrudge a few more years.
Chinling clouds now bar me from my home,
Lankuan snows still block the path ahead.
There must be some reason you've traveled this far,
No doubt to collect my bones from some infested river.

干戈 王中

干戈未定欲何之，一事无成两鬓丝。
踪迹大纲王粲传，情怀小样杜陵诗。
鹡鸰音断人千里，乌鹊巢寒月一枝。
安得中山千日酒，酩然直到太平时。

诗人王中十三世纪住在中国北方，经历了宋元交战和宋朝的终结。颔联中作者自比王粲（177–217年）和杜甫，王粲写了一系列描述战争中人民苦难的诗歌，而杜甫的许多著名诗篇都描绘了国家动荡、家庭分离的场景。颈联的典故出自《诗经 · 小雅 · 棠棣》，鹡鸰代表手足兄弟，当兄弟遇到危险时，它们会大声啼鸣。通常，喜鹊会在树顶树杈处筑巢。曹操《短歌行》曰：“月明星稀，乌鹊南飞。绕树三匝，何枝可依？”希望有才之士不要三心二意，要择木而栖，尽快到自己麾下。尾联出自张华的《博物志》：曾经有人在山中酿造一种酒，能使人酒醉千日不醒。

Spears and Shields by Wang Chung

Where can I go when spears and shields are clashing,
My one success has been to turn my temples white.
My steps have more or less followed a Wang Ts'an ode,
My heart feels a little like a Tu Fu poem.
A wagtail can't be heard a thousand miles away,
A magpie nests on an icy moonlit branch.
Where can I find some Thousand Day Wine,
And stay completely drunk until peaceful times begin.

归隐 陈抟

十年踪迹走红尘，回首青山入梦频。
紫绶纵荣争及睡，朱门虽富不如贫。
愁闻剑戟扶危主，闷听笙歌聒醉人。
携取旧书归旧隐，野花啼鸟一般春。

陈抟（?—989年），老子故里河南鹿邑人。后唐（923—936年）时曾立志为官，但因时局大乱，他对官场失望，便回到华山云台观，隐居度过余生。他修炼道家真功，能够入定数月而不醒，他的《无极图》也对早期儒家理学产生了重大影响。“红尘”指感官世界，“紫绶纵荣”指的是高官厚禄，红漆的朱门则仅供贵族人家使用。

Returning to My Retreat by Ch'en T'uan

I tramped through red dust for ten years,
But green mountains were often in my dreams.
A purple cord brings fame but can't compare to sleep,
Crimson gates are grand but having less is better.
How sad when people fight to guard our lord,
And how depressing the songs of noisy drunks.
I'm taking my old books back to my retreat,
To wildflowers and birdsongs and the same old spring.

山中寡妇 杜荀鹤

夫因兵死守蓬茅，麻苎衣衫鬓发焦。
桑柘废来犹纳税，田园荒后尚征苗。
时挑野菜和根煮，旋斫生柴带叶烧。
任是深山更深处，也应无计避征徭。

杜荀鹤（846–904 年），池州石棣（今安徽石台）人，石台在长江的贵池港和九华山以南。他一生的大部分时间都在山中准备科举考试，四十六岁那年终于考上进士，受梁王朱温（852–912 年）推荐进了翰林院，然而朱温的政治阴谋加剧了唐朝的灭亡。杜荀鹤的诗歌大都在考中进士前所作，以关注百姓时艰和批判时局乱象著称。首联说的是妻子在丈夫去世后披麻戴孝，在草屋里守灵三年。领联说桑树用来养蚕交税，但无论作物收成如何，政府都要收地税，地方官员还会再加征“青苗税”。官府征用徭役的多少也是根据家中男性人数计算的。

A Mountain Widow by Tu Hsun-ho

My husband died in battle my home is now a hut,
My clothes are hemp and my hair has yellowed.
They still collect taxes on mulberry-tree stumps,
And still want seedlings from weed-covered fields.
I'm always foraging for roots and plants to cook,
Or chopping green wood and gathering leaves to burn.
Even in the deepest depths of the mountains,
There's no place to go to escape corvee.

后记

二十年前我在美国出版 *Poems of the Masters* 是为了把中国的古诗经典《千家诗》介绍给西方读者。书里用来表达汉语发音的罗马拼法是麦修氏《汉英词典》(1931年)拼法的改良版，该词典是基于早先出版的威妥玛的《平仄编》(1867年)和翟理斯的《华英字典》(1912年)编辑而成的。所有的罗马字母拼写系统都有缺点，但我认为起源于欧洲的威妥玛–翟理斯式拼音(Wade–Giles，简称“威氏拼法”)是最不离谱的。近年来，大多数西方学者都与时俱进地采用了中国的拼音。为了简洁起见，我省略了英文中大部分地名和书名的单引号和连字符，并将音节连在一起，比如洛阳是 Loyang 而不是 Lo–yang。但长安 Ch'ang–an 就原样保留了下来，不光是因为约定俗成，这样也避免读者为音节的划分(Chang–an 或 Chan–gan)而困扰。

据我所知，本书是首次将《千家诗》完整地翻译成英文的版本。蔡廷干上将(1861–1935年)曾翻译了所有的四行诗(绝句)，并于1932年以 *Chinese Poems in English Rhyme*(《唐诗英韵》)由芝加哥大学出版社发行。

几个世纪以来，尤其是近几十年，关于《千家诗》的书已经出版了数十部，以下五本对我的翻译和解读具有重要的参考价值:

张哲永:《千家诗评注》，上海: 华东师范大学出版社，1982。

汤霖、姚枫：《千家诗注析》，兰州：甘肃人民出版社，1982。

杨鸿儒：《千家诗评译》，北京：华文出版社，2004。

王启兴：《千家诗新注》，武汉：湖北人民出版社，1981。

文杰：《详解千家诗》，香港：文光书局，1987。

二十年后的今天，后浪出版公司把我翻译的《千家诗》中英文版本呈现给中国读者，诗人介绍、诗作背景及评注解读部分由我的朋友李昕翻译。我要感谢众多的中国读者鼓励我在中国出版此书，也有劳于闫永飞、陈晓慧、陈冰和陆彦君的考证和校对。如果没有他们，*Poems of the Masters* 还在我的书房里春眠呢。

比尔·波特（赤松）
华盛顿州汤森港
2022 年 春分

图书在版编目（CIP）数据

花影明月送将来：中英解读千家诗 /（美）比尔·波特译注；李昕译．-- 北京：北京联合出版公司，2023.7

ISBN 978-7-5596-6919-3

Ⅰ．①花… Ⅱ．①比… ②李… Ⅲ．①古典诗歌—诗集—中国—汉、英 Ⅳ．① I222

中国国家版本馆 CIP 数据核字 (2023) 第 103861 号

北京市版权局著作权合同登记号：图字：01-2023-1875

花影明月送将来：中英解读千家诗

译 注 者：［美］比尔·波特	译　　者：李　昕
出 品 人：赵红仕	选题策划：后浪出版公司
出版统筹：吴兴元	特约策划：忧　菌
特约编辑：忧　菌　徐　楠	责任编辑：夏应鹏
装帧制造：樱　瑄	营销推广：ONEBOOK
插图绘制：忘川山人	

北京联合出版公司出版
（北京市西城区德外大街 83 号楼 9 层　100088）
河北中科印刷科技发展有限公司　新华书店经销
字数 217 千字　840 毫米 ×1092 毫米　1/32　15 印张
2023 年 7 月第 1 版　2023 年 7 月第 1 次印刷
ISBN 978-7-5596-6919-3
定价：98.00 元